品嘗好書 冠群可期

文學叢書 11

冬嬌姨

陳長慶 著

品嘗好書　冠群可期

童養媳的情慾孽緣

——剖析《冬嬌姨》的故事背景及其情慾世界

白翎

陳長慶的第十本文學創作——《冬嬌姨》，以不到四個月的業餘時間完成了；如果你知道，他整天的時間裡，是獨自一個人照顧一家書店，顧客上門時，包裝找錢，哈腰道謝；舊雨新知串門子時，大都是聊個不知天昏地暗的；自已及一家人的三餐，菜米油鹽醬醋茶，那一樣不是一手掌握的專業「家庭煮夫」；剩下來的業餘時間，只有在白天極其有限而零碎的空檔中、忙裡偷閒地在櫃台那部電腦的鍵盤上、用大易碼去拆字組合、一個字一個字地敲出這部有血有肉、有情有淚的《冬嬌姨》，為故鄉另一角落的人們，留下歷史的見證。

他的鄉土選擇與對寫作的執著，實在是值得記錄的！相對於三年來的「每年一書」，《冬嬌姨》的「每季一書」更值得記錄！期待他持續以「趕業績」的態度，不但早日催生「春花、秋蓮、冬嬌姨」後的壓軸好戲「夏季篇」，更使計畫中的「陳長慶全集」如願等身！

《冬嬌姨》的故事背景

《冬嬌姨》一如他的其他作品，描繪的對象仍然是早期的浯島子民。故事的時空，約為五、六十年代，做為童養媳的冬嬌姨，從做大郎、尪下南洋、守活寡、撐門面，是早年浯島屢見不鮮的事例，是當年島上飛沙走石、無以維生，而不得不的選擇；古代文人筆下的商婦怨——商人重利輕別離，望穿秋水等嘸人；變成了今日陳長慶筆下的新婦怨——為求生計走南洋，新郎一去無蹤影；這是時代的悲劇、島民的無奈！到後來演變成討客兄、跟北貢跑的下場，在當年亦非少見，與其他同歸於盡的案例而言，陳長慶自有異於常人的註腳，雖是見仁見智，毋寧是較人性化的處理方式！

一、童養媳的古往今來

童養媳的風潮，在早期的浯島，有其流行的時空背景。不同於名門望族的講究門當戶對、郎才女貌；一般人家，尤其是堪稱清白的農材，在傳統、時俗、適應性及人力資源上，都有現實方面的考慮，是童養媳一度盛行的主因。

由於「重男輕女」的傳統觀念，大家都努力生育兒子，以期完成傳宗接代的神聖任務；如果不生個兒子，好像無臉面見列祖列宗，如此努力打拼的結果，女多於男的家庭，自然不在少數，生活養育的沉重負擔，提供了童養媳不疑匱乏的「供給」面。

男大當婚、女大當嫁。兒女的成家，常常是為人父母牽腸掛肚、念茲在茲的大事；但是，娶媳婦不比嫁女兒，往往是一項很沉重的負擔：尤其是早年的「三八」聘禮、宴請鄉親的習俗，在收入有限的農村，總還是一筆不小的支出，以童養媳做大郎，也可算是一種預防性的儲蓄，可減輕臨事時的壓力負擔。

再者，做大郎的男女雙方，由於長期相處，既使未必日久生情，至少相互間有較深入的瞭解，在彼此的適應上是先瞭解再結合；婆媳之間，也因有養育之情，更易於融洽。家庭成員間的瞭解、疼惜、愛屋及烏的心情，成了歡樂家庭的鐵三角。

最後以農村的需求而言，人力資源是很重要的。可以多一對腳手，更是屬於長期性的資源，對於極依賴人力的農家而言，是很穩定的很渴望的安排。以上是早年童養媳流行的時空背景，如今卻未必盡然。時潮的變化，可是半點不由人呀！

現在的為人父母者，講究的是子女教育的優質化，不獨是「男孩女孩一樣好」，更甚者是「娶個媳婦，少個兒子；嫁個女兒，多個兒子」時代的來臨，貼心的女兒扭轉了「重男輕女」的傳統，柔軟的力量最剛強！柔能克剛，誠不欺我！

二、所謂的『白色恐怖統治』

作者在《冬嬌姨》的第二章，有如下的一段敘述：

在戒嚴時期白色恐怖的年代裡，民主和人權是不存在的，人民的尊嚴，猶如畜牲般地被當權者踐踏；言論沒有自由，行動沒有自由，上天賦予人類的思想，竟然也失去了自由！

如果把「白色恐怖」定義為「民主和人權是不存在的，人民的尊嚴被踐踏，言論、行動、思想的自由都失去了！」走過這段戒嚴道路的人們，都一定心有戚戚然，但是，大家也都不願意，再回頭去揭歷史的瘡疤！走過軍事統治的人們，從村指導員到副村里長的統治，大家選擇了「記取歷史教訓，忘記心靈仇恨」的療傷止痛，維持軍民共生共存的局面。善良的人們啊！這到底是身為金門人的悲哀！還是身為金門人的無奈！

早期的白色恐怖有兩條主軸：「反共有理的無限上綱」和「領袖形象的無限神化」。

反共無限上綱的結果：只要扣上「匪諜」或者是「共匪的同路人」的帽子，必然永世不得翻身；等而次之，掛上個「思想有問題」的牌子，不死也脫層皮，禍延子孫更不在話下。

領袖神化的結果：箝制了人們的思想，言論定於一尊，無條件擁護領袖是愛國，異議就是造反。最後的結果，就是產生了一堆將愛國無限上綱的「愚民」。

如是觀，白色恐怖成為爭權奪利者，用來剷除異己的武器；所以會波及嗷嗷待哺、只求溫飽的善良子民者，便是那群手握雞毛、假傳聖旨的跑腿人：《冬嬌姨》書中，那群以查户口為名，行查違禁品之實者；現今社會中，屢見不鮮的未審先判、先抓人再找證據者，不都是同流之輩嗎？他們學會了，把白色恐怖無限上綱；藉此挾怨報仇、掃除不順眼者，也把個人仇怨寄生於白色恐怖中。

白色恐怖者，可惡極了！無限上綱者，不可惡嗎？

三、『桃色糾紛』與『禁區』

早年國軍初抵浯島，先後經過古寧頭，大二膽等戰役，在退此一步便無死所、置之死地而後生的拼戰後，總算是大勢底定，演變成國共對峙的局面。

當時的國軍，並未有軍營的設置。所以，鳩佔鵲巢式的強據民房，也就成了必要之惡；屋主被迫到小房間去擠，客廳等較大空間，清除後，變成大通鋪，駐上整班整排的軍人；等而次之，連大門板都被拆掉了，成了防禦工事的材料：：：，如此，軍民雜處、利害突衝，不產生糾紛才怪！只是，在主其事者的高瞻遠見下，接到借條的老百姓，也只有共體時艱、同赴國難了！

在被尊稱為「現代恩主公」的胡璉將軍，倡導「軍民一家」的善意操作下，人力資源的互通有無，倒是維持了不錯的和諧局面。

《冬嬌姨》書中已是軍營獨立門户的時期了，但相對於早期的水乳相融，此時期的軍民糾紛，尤其是男女間的桃色糾紛，更有嚴重惡質化的現象。書中的冬嬌姨土灶爆炸事件，倒成了較輕微的次要案例；更嚴重是，未能如願的癡情漢，用沒有明天的激烈方式，處理他們的不如意：同歸於盡的手榴彈投擲、你死我活的機槍掃射：：：等血肉橫飛的悲劇，間而偶有所聞。

為了預防這類血腥事件的重演，採取了不同的因應措施：用所謂的『禁區』，禁止軍人出入某一些定點，以降低糾紛事件的可能；藉由軍隊的內部情報的反映，壯士斷腕似的隨機性調職，以防止火花的爆發：：：。以《冬嬌姨》故事情節的發展，這兩種手段雖沒有產生預期的效果，倒也沒有發生預料的不幸，應屬作者人性化的佈局。

此外，軍用罐頭在《冬嬌姨》書中，也多次現身：副官用酸菜罐頭來討好；營長用豬肉罐頭償還修改軍服，不收工錢的人情債；雖然在等級上是有高下之分，但他們的觸犯軍法並無不同。這種在民間，有錢買不到的罐頭和乾糧，「在軍中堆滿倉庫，寧願讓它腐蝕、讓它被老鼠啃食，也不能買賣和送人」是有點矯枉過正。如果還要被冠上盜買（賣）軍用物質的罪名，移送軍法論罪——身處戰地的老百姓，也同樣享受軍法的待遇，那才是嗷嗷子民的最大悲哀！

後來，軍方採取了軍用物質剩餘繳庫退錢的方式補救，聽說效果極差；流落在外的軍用物品，總是遠遠超過繳庫量，因為他們還是害怕，繳庫的後果，是減少配發的數量——用不完，就少配發一點。有時候想一想，人性的弱點，也是蠻有趣的！

《冬嬌姨》的情慾世界

《冬嬌姨》的重心，應是敘述一段軍民的感情事件。冬嬌姨是作者全力描繪的主角，她的情慾世界，更是重心的重心。作者費心地呈現冬嬌姨的愛恨交織、情慾飢渴，用他的生花妙筆，活生生地刻畫出，一個初嚐男女情事，沉醉在肉慾激情的活寡婦，如何度秒如年地忍受著肉體情慾的騷念，如何像極想思春偷腥的貓兒，儘管勉強堅忍與壓抑、終如出柙的猛虎，一發而不可收拾。

讓我們看看冬嬌姨和她身邊的幾個男人，如何上演他們的愛恨情慾、創造出和冬嬌姨間的孽與緣：

一、『引火者』——淺嚐即失的啓蒙丈夫

王川東是冬嬌姨情慾世界的引火者。

他們是青梅竹馬、有情有愛的伴侶。冬嬌姨從三歲就進入王家的大門，像被埋放在土裡的種子，在歲月的灌溉和生活的滋養下，愛情在他們兩人的心中，萌芽、伸葉、茁壯、乃至於枝葉茂盛、大樹成蔭，都應是理所當然的；如果不是作者有意的搬弄是非，硬要無巧不成書地拆散他們，他們的如膠似漆、恩愛終生，應是人間僅有的、羨煞神仙的鴛鴦。

冬嬌姨的情慾世界是由丈夫王川東所開啓的，在給了她甜蜜的感覺，新婚燕爾之際，卻活生生的被棒打成鴛鴦兩離散；這段少女情懷總是春的映象，牽引了冬嬌姨的一生；此後，不管冬嬌姨碰到那一個

男人，王川東這個冬嬌姨滿懷情慾的啓蒙者，總是陰魂不散地出現，給冬嬌姨揮之不去的陰影；冬嬌姨的思念之情，轉化為滿懷幽憤：是恩愛是怨恨？是感情是肉慾？是孽債是姻緣？或者是俱備。

二、『過客』——徜徉門外的副官

何景明是冬嬌姨情慾世界裡，過門而不入的過客。

這個副官，從修改軍服、包洗衣物、看似無所不談的交心、終至調升他營的副營長而默默地消失了；作者很偏心地限制了他的圈圈，沒有激情、沒有觸電的火花，好像是一段純純的愛，像連手牽手都沒有出現的兒戲；想像中，感情的發展似乎要有所突破，好戲好像要開鑼了！作者就是橫了心腸鐵了鉈，寧願讓冬嬌姨夜裡死抱著棉被、讓情慾的體溫、肉慾的蠕蟲，浸濕了全身的衣服，甚至被褥，還是要冬嬌姨忍受心靈空虛又寂寞的苦痛時光，就是不給副官一次機會，不給讀者一點視覺的快感。

或許是作者安排的醞釀期，為冬嬌姨累積更多的潛在能量，才能在關鍵時刻，發出雷霆之擊。所以藉由高個子的排副和麻子文書的口，在他們對冬嬌姨的挑逗之中，暗示出冬嬌姨和副官的親蜜關係。我們也只有在其中，體會一下作者描情寫心的功夫了！

三、『憨佛』——壯志未酬的阿志和村指導員

痞子阿志和村指導員是冬嬌姨情慾世界裡，壯志未酬的憨佛。有句鄉諺是這樣說的：憨佛想要吃雞卵胇。用這句俗諺來描繪痞子阿志和村指導員，頗具有神來之筆的傳神味道。

就在川東雜貨店歷經土灶爆炸的驚魂事件，再被列為軍方禁區，冬嬌姨的生意一落千丈，婆婆虎母快仔撒手西歸，幸得表哥將阿忠過繼給她的慘澹歲月裡；發生了村裡的歹囝阿志，利用一個風雨交加的

夜晚，意圖強暴冬嬌姨，她的關鍵一蹬，擊中了阿志的下體，解除了此次危機。

村指導員的事件則發生在憲軍壓境，意圖搜索冬嬌姨家中，尋找營長盜取軍用物質的證據，以為可以抓到大魚，沒想到大費周章、翻箱倒櫃之後，只找到了一罐鰻魚罐頭，失望之餘，只好將冬嬌姨以私藏軍用罐頭的罪名，交由村指導員處置，取得下台階；村指導員在傳冬嬌姨到村公所之時，趁四下無人，大施祿山之爪，被冬嬌姨以潑婦之姿，義正嚴辭地悍拒，嚇得送走瘟神似的放了冬嬌姨。

或許，在痞子阿志和村指導員的想法裡，冬嬌姨的活寡生涯甚是難挨；妄想解人之苦地佔上一番便宜，還以為自己是功德一件；豈料冬嬌姨不吃這一套，任憑慾火焚身，也是有所抉擇，也是有所不為。也是作者意圖表達，冬嬌姨的「討客兄」是被流言逼上梁山，終成事實的無奈。

四、『入幕之賓』——眞命天子的營長

營長是冬嬌姨情慾世界裡，夢裡尋他千百度，驀然回首，卻在燈火闌珊處的眞命天子。

大凡主角現身之前，必先由配角跑場。矮仔士官長就是這個跑龍套者。先由二十出頭的矮仔士官長，和阿忠建立交情，混識攪熟之餘，帶著營長來修改褲子，接著就是：不收工錢、送豬肉罐頭、請吃炒米粉：：：連串的接觸，加上矮仔士官長這顆電燈泡的適時滅亮、迴避，好戲自然持續上演了。三番兩次地，冬嬌姨的雜貨店成了營長的小廚房；吃喝之餘，加上催情酒的助興，天雷勾動地火、乾柴遇上烈火之際，精采好戲眼看就要上場了；或許是好事多磨，或許是作者要塑造冬嬌姨是流言受害者的形象，硬是要冬嬌姨給煞住了！

急轉直下的劇情是，營長被調到師部坐冷板——當參謀。

冬嬌姨歷經臨檢查到鰻魚罐頭、村指導員威逼利脅地調戲、舅舅

聽信流言坐實她越軌討客兄的質疑、連阿忠都可能被要回去……等連番折挫，讓她對自己的固守最後一道防線的堅持與代價，產生了莫大的動搖。

其間，營長不時地藕斷絲連地重溫舊夢，討論過流言、舅舅的質疑，作者終於完成了冬嬌姨被動地討客兄的布局。產生的轉折是；營長清洗盜取軍品的冤曲，調任師部直屬營營長；部隊移防後方的時機，讓營長籌謀了「走為上策」的計畫；冬嬌姨也在流言烏雲密布般地籠罩下、在營長的承諾交心下、在即將遠走高飛之際：把心防全撤了、孤注一擲地把自己毫無保留地交給了營長。冬嬌姨，終於討客兄了。冬嬌姨，找到了她的第二個春天了！

情慾飢渴的『冬嬌姨』

《冬嬌姨》的全文中，作者安排了冬嬌姨和營長有三場激情的對手戲：首先是在冬嬌姨的生日之夜，家庭式的餐會中、阿忠飽食先就寢後，在酒精的推波助瀾下，彼此開放了豪情，情不自禁地進了房間；就是被冬嬌姨煞住的那一次。

其次是在營長調任師部參謀後，第一次回到川東雜貨店。在臨午少有人上門、阿忠又回舅舅家的空檔裡，懷著小別再相見的激情，就在店裡貨物架後方的隱密處，兩人如膠似漆、乾柴烈火般地纏綿著，卻被前來買煙的宋班長給撞散了！

大功告成的一次，是冬嬌姨跟人跑了的前夕。那時，舅舅的質疑、阿忠將被帶走的疑慮、遠走高飛的計畫定案之際，營長門了雜貨店的大門，冬嬌姨也如流言般地討客兄了！

再來看看冬嬌姨面對心儀男人的情境，首次見到副官時：

當她的手拉著自製的布尺環過他的腰，卻聞到一股熟悉而成熟的男人味，她的心一怔，猛而地抬起頭，看了他一眼，一朵美麗的彩霞從她的頰上掠過，眼前這位陌生的男人隨即幻化成王川東的身影，讓她喜悅異常。

而當矮仔士官長帶營長，來修改褲子的第一次會面時：

佇立在眼前的是一位溫文儒雅的中年軍官，冬嬌姨為他量了腰圍，量了褲長，卻情不自禁地多看了他一眼，他濃眉大眼又留了一個小平頭，顯現出一副英姿煥發的革命軍人氣慨。中等的體形，雖沒有山東漢子的魁武，但全身上下卻散發著一股中年男子獨特的魅力。以前那位山東副官，或許要略遜他一籌，而對著這個男人，的確讓她的心兒怦怦跳。

情慾飢渴的冬嬌姨，看到副官時，幻化成丈夫的身影；看到營長時，比副官更勝一籌而心兒怦怦跳。

作者用漸層的手法，描繪冬嬌姨對首次見面的男性，隨即產生如此的情慾印象；不正顯示出冬嬌姨，因新婚丈夫的離去，難忘曾有的短暫歡樂，使她罹患了嚴重的的情慾飢渴症嗎？

此外，作者前後費了不少的筆墨，突顯冬嬌姨對男女間歡怡的懷念：連村人火仔牽母牛來找虎母快仔的牛港交配，都逗得冬嬌姨心神不寧的遐思，大做白日春夢；更遑論面對心有綺念的副官及營長、和在言語挑逗、甚至肌膚之親後，怎不讓冬嬌姨心猿意馬、春心盪漾，更而澈夜難眠？

道德性，一直是陳長慶難以掙脫的束縛。或許，也正是他潛意識裡極欲突破的一道牆。

在《冬嬌姨》裡，他要呈現守活寡的冬嬌姨，討客兄、跟人跑了的往日舊事。這些塵封往事，固然是事實；但道德的陳長慶，仍然是情不甘意不願地讓他筆下的人物，披著道德的外衣，去做違背道德、卻可能是合乎人性化的醜事。所以，他不厭其煩地提醒讀者，是村人們不停地說，流言不停地污衊著，所以冬嬌姨在堅此百忍之餘，只有隨波逐流了；所以冬嬌姨在最後一刻才會誤人歧途！

但是，陳長慶還是要去鋪路，所以他還是必須用許許多多的片段，去揭露冬嬌姨的情慾世界、去陳述冬嬌姨難以違抗的宿命、去訴說更多的風風雨雨；如果陳長慶認為如此轉變，是他文學生命裡的屈服。我們不禁要說，這可是做為一個寫實作家的他，走上了眞正的寫實之路，掌握了寫實的眞諦，為時代的小人物畫像。

或許，陳長慶正在偷笑。這才是眞正的陳長慶。

目錄

故鄉的黃昏

——咱的故鄉咱的詩

日頭照佇碧波無痕的水面
閃閃的金光浮佇咱的目睭前
湧拍石頭的輕聲
海鳥回巢的身影
親像老人失落的心情

啊 故鄉的黃昏
怎樣無聽著蟬仔聲
怎樣無看著塗猴影
是咱的土地風飛沙
抑是乎妖怪吞食
西天美麗的彩霞
哪會變成一片烏影
歹命的日子乎咱心痛疼

想起彼一年
黃昏的故鄉是火海一片
無情的砲聲霆了四十外日
乎這片土地的生靈承受痛苦佮災難
鄉親期待清平

清平是　古厝牆壁一句一句的標語
咱的胸口眞沉重
聲聲口號共咱壓甲袂喘氣
條條單行法乎咱唔敢呻聲
自由離咱眞正遠
想要吐氣嘛驚心驚命

甘苦的日子已經過去囉
悲傷的目屎嘛已經流完
啊　故鄉
咱的前途是無限的光明
拍鑼拍鼓歡喜解嚴
弄龍弄獅共戰地政務廢除
剪斷海岸的鐵線網

草埔內的地雷也排除
一間一間的樓仔厝
一條一條的烏油路
千噸的貨船駛入料羅港
噴射機嘛佇尚義機場起落
免錢的公車逐站停
老人月月領六仟
學生的營養午餐免收錢
牛椆間嘛申請著薰酒牌
啊　故鄉　汝的愛親像浯江溪水流
永永遠遠流袂盡
啊　故鄉　汝的恩情親像大山彼呢懸
即世人還袂完

黃昏
是一日尚水的時陣
金色的天邊有一片一片的彩霞
微微的海風吹著咱的臉
東倒西歪的頭毛　親像咱的心頭亂紛紛
日頭眞緊著沈入海底
月娘照著烏暗的巷仔溝
一隻一隻的紅娘仔佇咱門口埕閃爍
美麗的遠景袂閣浮上海面
啊　即呢水的故鄉夜景
即呢靜的故鄉月夜
未來是光明在望
抑是前途茫茫…………

二〇〇一年七月 於新市里

寫在前面

離開家鄉很久了，冬嬌姨首次回到這個小島上，陪同她回來的是創業有成的兒子和媳婦。不管她是衣錦還鄉，或是落葉歸根，並沒有在這個純樸的小村落裡造成騷動。除了少數親友外，青少年對她已完全沒有印象，老一輩多數已凋零，能認得出她的，所剩也無幾，倒是轟動一時的：冬嬌姨跟「老北貢」跑的新聞，讓人記憶猶新。

1

一個未出嫁的黃花閨女，跟那些肖兵仔搖著屁股裝瘋賣傻，成什麼體統。這個夭壽死囝仔、死查某鬼仔，實在眞見笑。

冬嬌姨是王家的童養媳，和王川東成親時她才十八歲，次年王川東遠赴南洋謀生，落腳處不是新加坡和呂宋，而是印度尼西亞的一個島嶼，從事的是討海的魚工，獲得的是一份微薄的薪資。然而他依然省吃儉用，按月寄回一點錢，交由寡母貼補家用；但好景不常，隨著國際情勢的驟變，這個落後的國家轉而親共，相對地兩國人民也失去了通信、通匯、來往的自由；因而，王川東已音訊杳然，生死不明，留下寡母以及新婚不久的妻子，靠著農耕來過活。

王川東的父親早逝，母親是出了名的潑婦，她姓林單名快，村裡大大小小、老老少少，都不依她的輩分來稱呼她，而直接叫她「虎母快仔」。「虎母」是兇悍的動物，「快仔」是她的本名；虎母快仔的大名，在附近的幾個自然村裡，簡直是無人不曉，而知道林快的人，可能只有村指導員和她的家人。

虎母快仔身長腳短，多皺的馬臉又加了些麻點，扁扁的鼻子，黃色的牙，蓬鬆的髮絲在腦後挽成一個髻，用一個破了小洞的髮網罩住，鐵絲彎成的髮釵，扣在髮髻上，頭蝨已在她的髮間產下許許多多白色的卵，懶得換洗的衣裳，散發出一股濃烈的異味，一副邋遢相，在這個小農村裡，實在是不得人緣。村裡的駐軍叫她「邋遢婆」，她會回應他們一聲：「汝去死」，始終不承認自己的邋遢。

冬嬌姨三歲進入王家大門，長大後並沒有受到虎母快仔的影響，雖然僅讀過小學二年級，又必須上山下海、牽牛牧羊、餵養雞鴨、煮飯洗衣，幾乎所有的家事農事她都做過，也充分地發揮一個童養媳的角色，但無論工作多麼地繁忙，始終為自己梳理得乾乾淨淨。她圓圓的小臉有兩個深深的酒渦，長髮紮成兩條小辮子，潔白的牙齒，伶俐的口才，一副人見人愛的小大人模樣，大家都叫她冬嬌姨，她不但欣然地接受，美麗光澤的臉上，更綻放著燦爛的笑靨。當然她也知道，長大成人後要和王川東「做大郎」，因而，對王川東這位「阿兄」敬愛有加。相對地，王川東並沒有排斥這位「心富仔」小妹，月以繼日，兩人已培養出一份異於兄妹的深厚感情，看在虎母快仔眼裡，她是很興奮的。

虎母快仔養了五頭牛、十幾隻羊，經常都是由她自己去放牧，兩頭「大牛港」走前面，三頭母牛走後面，大小羊兒跟在母牛後，每天清晨，大都是由她領隊，由破落的「老户龍」改成的牛欄裡趕出來，而後浩浩蕩蕩地走向山林野地，有時則放牧在鄰人的田埂上，或許是牛繩老舊，抑或是人為的疏忽：經常地，不是牛偷吃人家的番薯，就是羊吃了人家的花生。

「幹恁老母，」有一天，火仔氣呼呼地來到虎母快仔的家門口，邊走邊罵，「虎母快仔，有種給我出來！」

虎母快仔噈下一口「安脯糊」聽見有人在門口叫囂，放下碗筷，老神在在地走出來，尖聲地指著他說：

「火仔，你大聲小聲在哭飫，是吃嘸飽呢？」

「虎母快仔，恁老母耶，妳不要給我裝糊塗！」火仔氣憤地，「妳那隻老牛哥整整吃掉我十棵番薯，妳要給我一個交待！」

「火仔，我們是幾十年的老厝邊，不要以為我這個老查某好欺負，」虎母快仔說著，突然插起了腰，高聲地，「牛吃番薯，干我什代誌！」

「是妳家的牛，怎麼不干妳的代誌？」火仔更加氣憤。

「是我叫牠去吃的嗎？」虎母快仔向前跨了一大步，指著他說：「牛是畜生，如果牠知道這塊番薯田是你火仔的，牠敢去偷吃嗎？做人要講理嘛！」

「妳的牛吃了我的番薯，還說我不講理？」火仔氣憤的聲音震耳，「妳這隻老虎母，簡直不可理喻！」

「你才是畜生！」虎母快仔不甘示弱，尖聲地罵道，「不要以為你塊頭大，全村人都怕你，嘿、嘿，就是我快仔不吃這一套！」

「好、好，算妳厲害、算妳厲害。」火仔放低了姿態，也提出警告，「今天算我倒楣，以後如果不把牛拴好、綁緊，讓牠再偷吃我的農作物，大家就等著吃紅燒牛肉！」

「你敢動牠一根牛毛，我就跟你拚生死！」虎母快仔說著說著，嘴角的泡沫與口水同時噴出，「不信試看嘜！」

坦白說，村人已多次領教過虎母快仔的厲害。她一年賣牛、賣羊也賣了不少錢，但始終捨不得買幾條新繩索，來拴綁牠們，長長的牛繩歷經風吹雨浸，不知打了多少結，才勉強把它又接上了，怎能禁得起牛羊使力地一拉；因而虎母快仔的牛羊吃人家的農作物，是經常發生的事，虎母快仔與人紛爭，多數也因牠們而起；一些不願惹她的村人往往都自認倒楣，當然，找她理論的也不在少數，但都是乘興而來，敗興而歸，休想從她身上得到補償，更甭休想從她身上討回公道。

虎母快仔氣呼呼地回到餐桌，王川東與冬嬌姨依然吃著他們的安脯糊，剝著花生當佐餐，似乎沒把它當成一回事。這也是他阿母經常與人發生的紛爭，對他們來說已是司空見慣。

「阿母，我們的牛又吃了人家的番薯啦？」王川東關心地問。

「只不過吃了十幾棵，沒什麼大不了的事嘛。」虎母快仔不悅地說：「你們沒聽見，火仔好像發瘋似的在外面吼叫，不給他一點顏色看看，以為我這個老查某好欺負！」

「阿母，」冬嬌姨放下碗，雙眼看著虎母快仔，「我們的牛繩實在該換了，尤其是那兩頭大公牛，動不動就把繩子扯斷，跑到人家的田裡，偷吃人家的農作物，難怪人家會找上門來。」

「死查某鬼仔，這點我還不懂，要妳來教！」虎母快仔白了她一眼，「能省就省，今天換新的，過幾天還不是要斷掉，況且我每一個結都打得緊緊的，是牛把它扯斷，怎麼能怪我們呢？」

「阿母，我看以後不要再把牛牧放在人家的田埂上，」王川東眼看著虎母快仔，手剝著花生，附和著說：「免得經常跟人家吵。」

「夭壽死囝仔，」虎母快仔瞪了他一眼，「田埂上的草，長又青呀，難道你們瞎了眼，沒有看到我們的牛羊每隻都是肥肥壯壯的，不小心吃它幾棵番薯，有什麼大不了的事！」

「阿母，話不能這樣講啦，」冬嬌姨聲音柔柔地說：「一棵番薯從插栽到長成，的確要花費很多精神和心血，無緣無故被牛給吃了，人家當然心疼。」

「你們兩個了尾仔囝，手臂老是向外彎，從來就沒有替阿母說過一句公道話。阿母辛辛苦苦養這些畜牲，還不都是為了你們。」儘管虎母快仔在這個村裡，是一個不可理喻的「赤查某」，但對孩子卻是疼愛有加，雖然經常地「死囝仔」、「死查某鬼仔」不離嘴，卻少有疾聲厲色和打罵，因而，也拉近了母子間的距離；孩子也因瞭解母親，而從沒嫌棄過母親，儘管她邋遢，在村裡又不得人緣，然她在孩子的心目中，永遠是一個慈祥的好母親。

「阿母，妳不要再生氣啦，」冬嬌姨站起身，伸手拿起虎母快仔的碗，「安脯糊涼了，我為妳加點熱的。」

「阿母，我給妳剝花生。」王川東抓了一把花生，快速地剝著，而後放在虎母快仔的面前。

「總算沒有白養你們。」虎母快仔內心裡，掠過一絲甜蜜的微笑，而後說：「明年是吉年，牛羊也養大了，你們也長大了，我決定選個好日子讓你們成親。」

「什麼？」冬嬌姨訝異地，「阿母，我今年才十八歲耶。」

「十八歲還小啊？」虎母快仔反問她，「我十六歲就跟你阿爸結婚，十七歲就生下阿東，妳今年十八歲還小啊？」

冬嬌姨看看王川東，想不到他也正看著她，兩人的臉上，同時浮起了一朵艷麗的彩霞。

王川東雖然是虎母快仔親生的兒子，但一點也不像她，而是遺傳自早逝的父親。

他有一張忠厚樸實的臉，雖然不是很壯碩，但五官端正、性情又温文、無不良嗜好、又勤於農耕，對冬嬌姨這個心富仔小妹，早已愛慕在心，如今虎母快仔提出要讓他倆成親，他的心裡有無限的喜悅在歡騰，更期盼這個日子能早日到來，只是不好意思表明罷了。當然，冬嬌姨也不會排斥這段婚姻的，十八歲結婚怎麼能稱早，只是羞於啓口說好而已。虎母快仔是過來人，對年輕人的心裡，或許已摸得一清二楚，早日讓他們結婚，以免夜長夢多，尤其是村裡的那些「北貢」駐軍，經常藉著年節，透過村指導員，要冬嬌姨參加勞軍團，去唱歌跳舞，慰勞「勞苦功高」的將士，萬一出了什麼差錯，可不是鬧著玩的。因此，她的決定絕對是正確的，也可了卻她的心願，十幾年來的辛苦總算有了代價，再不久，她也可以升級做阿嬤了，這是一件讓人多麼興奮的事呀！虎母快仔每當想起這件事，總是難掩內心的喜悅，也可為她苦難的一生，增添一些燦爛的色彩。

轉眼，一年一度的中秋佳節又降臨到人間，村指導員援例通知一些能歌善舞的婦女隊員，參加駐軍的月光晚會。在戒嚴時期一個封閉的小農村裡，保守的民風，以及知識水準的低落，若與那些「北貢兵仔」較親近，難免要遭受村人的非議。然而，村指導員的通知，視同命令，不想被捉去關，就必須乖乖服從。冬嬌姨雖非絕代美女，但她的姿色在這個村裡，還真沒人能跟她相媲美；她的歌喉、她的音色、她的台風，一曲《桃花江》，一首《馬車伕之戀》讓老少北貢拍紅了雙掌，一段《月下對口》讓台下的兵仔爭著上臺跟她合唱。由於她的美麗和熱情，這些在金門島上等著反攻大陸的北貢兵，給她起了一個綽號叫「小辣椒」。當小辣椒隨著音樂跳起了時下最流行的「曼波舞」時，台下也跟著唱起了：

「嗨曼波，曼波啦。嗨曼波，曼波啦。」

「曼波一呀一呀嗨曼波，曼波一呀一呀嗨曼波。」

讓小辣椒把現場氣氛帶到一個火辣辣的境界，讓這些北貢兵仔流下辛辣的口水，也流了興奮的眼淚。然而看在虎母快仔眼裡，卻是另一種不同的滋味，一個未出嫁的黃花閨女，跟那些肖兵仔搖著屁股裝瘋賣傻，成什麼體統。這個夭壽死囝仔、死查某鬼仔，實在真見笑，她在心裡暗中地罵道，但一想起這個中秋節，她們家收到十幾盒兵仔送來的月餅，心裡也就坦然多了；尤其都是她愛吃的「五仁月餅」，餡中有芝麻、有冬瓜、有豬油，她一口氣可以吃掉二個而不膩，如果家中沒有一個像冬嬌那麼活潑的女孩，又有那一位北貢兵願意送呢？想到此，她的心中也沾沾自喜，隨即又出現一股淡淡的憂慮，冬嬌可是她未來的媳婦，千萬不能被那些老北貢拐騙去，月餅的甜頭還是少嚐為妙。

其實虎母快仔是多慮了，冬嬌姨雖然很活躍，但她始終很清楚，自己生長在一個保守的社會和農村，不久就要和王川東成親，一切言行和舉止，應當更謹慎，以免落人口實。然而身為婦女隊員，參與年節勞軍卻是義務，如果不帶動一點輕鬆的氣氛，一個個如木雞般地呆立或靜坐，是那些英勇戰士所不願看見的。況且，她喜歡唱歌，她買了一本厚厚的流行歌本，沒事時就哼哼唱唱，不但唱出了興趣，也唱出了信心，更展現了幽美的歌喉，因而當她唱完每一首歌，都獲得如雷的掌聲，以及「再來一個，再來一個」的尖叫聲。然而她是懂得分寸的，儘管她的歌聲和美麗，同時獲得北貢兵的青睞，但她並不會刻意地去搶別人的風頭，不管唱好、唱壞，讓人人都有表演的機會，這也是冬嬌姨可愛的一面。

2

在戒嚴時期白色恐怖的年代裡，民主和人權是不存在的，人民的尊嚴，猶如畜牲般地被當權者踐踏；言論沒有自由，行動沒有自由，上天賦於人類的思想竟然也失去了自由！

羊。

冬至過後，虎母快仔賣掉一頭大牛港、二頭老母牛，以及好幾隻

她單槍匹馬親自上街，為王川東和冬嬌姨的婚事張羅一切，她一生做牛做馬地拖磨，等待的就是這個日子的到來，再怎麼辛苦、再怎麼勞累，也是值得的。然而在她內心充滿喜悅的同時，也讓她想起了老伴，想起一個白色恐怖的夢魘。那年她的夫婿喬仔正值壯年，在一次民防訓練的政治課堂中，因為反駁了教官幾個有關大陸「人民公社」的問題，提出了一些個人的看法，第二天隨即被武裝憲兵帶走，罪名不是「匪諜」，而是「思想有問題」，必須接受「洗腦」。

眼見喬仔被押走，虎母快仔的心簡直涼了半截，一個目不識丁的鄉下婦人，更是欲哭無淚，走頭無路。村人一旦提起喬仔，心中也是怕怕，沒人膽敢幫她說句話，「思想有問題」是一個多麼恐怖的罪名啊！只好任由喬仔接受情治單位的嚴刑拷打，逼供和洗腦。當喬仔重

回虎母快仔的身邊時，除了遍體鱗傷外，精神也出現了異樣，村人除了同情還是同情。

在戒嚴時期白色恐怖的年代裡，民主和人權是不存在的，人民的尊嚴，猶如畜牲般地被當權者踐踏；言論沒有自由，行動沒有自由，上天賦予人類的思想，竟然也失去了自由！

喬仔每天手持木棒，喃喃自語，到處遊蕩，時而有攻擊飛禽走獸的傾向，經常地打得雞飛狗跳、牛羊四竄。然而對於村人，除了無言以對外，並沒有為他們帶來任何的困擾。唯一的是見到北貢兵、或者是那位北貢村指導員，他會翻起白眼，丟下一句：「操你娘的！」，這句在北貢心中非同小可的國罵，經常讓村指導員追著要把他關起來，當然喬仔是怕關的，他承受過被關的痛苦、他承受過被嚴刑拷打的滋味，於是他快速地跑開，卻依然沒有忘記要「操」那些北貢的「娘」。

一年一度的民防隊訓練，喬仔並沒有因精神失常而豁免，因為他沒有取得任何的證明文件，村公所仍然通知他要參加出操上課，但為了安全，並沒有把槍發給他。

「各位隊員：兄弟我姓陳，是二營的指導員，今天的政治課由我來上，希望各位在下面不要講話，有事舉手喊報告，不服從命令者要倒大楣！」營指導員說著說著，竹桿削成的教鞭，猛力地在桌上拍了一下，而後高聲地問：「大家聽見沒有？」

「聽見。」隊員們齊聲地答。

「大家都知道，自從三十八年國軍從大陸撤退後，在　蔣總統英明的領導下，我們是一年整軍，二年準備，三年反攻：：：」

營指導員尚未講完，喬仔突然舉起手站了起來，神情嚴肅而高聲地說：「報告教官，放屁！」說完後隨即打了一個大響屁。

然而，這卻是一件不得了的大事，在　蔣總統英明的領導下，一年整軍、二年準備、三年反攻，怎麼能說是放屁？這個人絕不是單純的思想有問題，而是匪諜，是共產黨的同路人。經過營指導員的反映和呈報，於是，喬仔又被押走，過不了幾個月，村指導員就通知虎母快仔到西埔去收屍。

每當想起這段往事，虎母快仔的血脈就不停地賁張，一個活生生的人就這麼地被折磨死，留下川東和她相依為命，次年抱來冬嬌做「心富仔」，長大後將與川東成親「做大郎」。苦難的日子總算過去了，孩子的喜事就在眼前，虎母快仔的內心裡，湧起一股甜蜜的微笑。

成親的那一天，王川東穿了一套深藍色的中山裝，足登「回力牌」球鞋，厚厚的髮臘把他的髮絲三七分邊，唇角掛著一絲喜悅的微笑，展現出一份農村青年純樸的帥氣。冬嬌姨穿了一件大紅的花旗袍，鬢邊別了一朵小紅花，雙頰抹了一層薄薄的胭脂，更有一份脫俗艷麗的自然美；如此一對標緻的新郎和新娘，虎母快仔喜悅的形色溢於言表。當然她也換了新衣，髮上也抹了一點「土豆油」，黑白相間的髮際，在「桔仔花」的襯托下，多了一份盎然的生氣。她今天已不是人人嫌棄的潑婦，亦非北貢兵口中的邋遢婆，而是這個村子裡的貴婦。她曾經發過願，在川東和冬嬌長大成親時，不管生活多麼地困頓，也要殺豬宰羊、擺設喜筵，宴請村人。今天，經濟雖然談不上寬裕，但畢竟孩子已經長大成人，是該她還願的時候了。因而，她不分東角西落，南邊北面，甚至曾經與她吵過架的村人，她也不記前嫌，依然誠懇地邀請他們入席，更沒有收受人家一分一毫的賀儀，如此的作為，簡直與她平時不可理喻的潑辣狀，判若兩人。

那晚，供桌雙旁的紅燭高照，鬧新房的村童村婦也走了，新人也相偕地踏進新房，虎母快仔獨自立在喬仔的神主牌位前，她雙手合掌，口中唸唸有詞，是祈求喬仔的保佑？還是稟告心願已完成？是與否對她來說已不重要，只見喜悅的淚光在她眼裡閃爍。

甜蜜的時光易逝，王川東和冬嬌姨彷彿還生活在新婚蜜月裡，卻在一位同齡的遠房表親鼓勵下，過完年同赴南洋謀生，原以為三、五年就可衣錦還鄉，讓母親和嬌妻過好日子，然而竟是一去不復返……。

3

夜夜，她忍受著獨守空閨的寂寞，她忍受著野貓叫春時的煽情。如果沒有曾經多好，如果未曾體會過男女間激情的床上遊戲那該多好，她的心將如同一泓碧波無痕的湖水，平靜安祥。

虎母快仔的意志是較堅強的，中年喪夫，老年失子，但她始終沒有被命運擊倒，每天依然放牧牛羊，從事農耕，在忙碌中過日子、求生存。

「喬嫂仔，喬嫂仔。」有一天大清早，她剛開啓房門，看見火仔牽著母牛，神色慌張地在門口叫著。

「火仔，你七早八早、大聲小聲，在叫什麼呀？」虎母快仔不高興地問。

「不好意思啦，」火仔嬉皮笑臉地說：「我家這頭老母牛昨晚叫了一夜，屁股一片紅腫，八成是起肖了，今早牽來想借妳家的老牛哥交配一下。」

「火仔，不是我說你，」虎母快仔指著他說：「大家都是幾十年的老厝邊，我的牛港吃了你幾棵番薯，你一開口就是『幹恁老母，虎母快仔』今天你有事來求我，就叫我『喬嫂仔』，做人不要那麼現實嘛！」

「失禮啦，失禮啦。」火仔說著、說著，又連續點了好幾下頭。「話先說在前面，全村的公牛，也找不到一頭，像我家這頭老牛港那麼壯碩的。如果交配成功，生下『牛種仔』我要抽三元，生下『牛豚仔』抽二元。」虎母快仔正經地說：「這是老規矩。」

「喬嫂仔，這點我知道啦。」火仔笑著，「早上牛港精力旺，趕快把牠牽出來吧。」

虎母快仔不慌不忙地把牛港牽出來，一見到起肖的母牛在一旁，老牛港把頭一轉，拉動繩索，快速地走到母牛背後，用牠那敏銳的鼻子聞聞母牛起肖時的騷味，而後前腳騰空，後腳一蹬，急躁地爬上母牛背部，一挺一挺地尋找母牛紅腫的部位。在虎母快仔的經驗裡，只要母牛真正起肖，而來找她家的老牛港交配，從來就沒有失敗的紀錄，生出來的牛犢，更是發育正常，粗壯無比。因而，她很自豪，始終捨不得把牠賣掉，除了犁田拖肥，也成了眾牛羨慕的牛哥，一年累積下來，更讓虎母快仔增加了好幾十元的額外收入。

「火仔，」交配完後，虎母快仔牽著無神的牛港，對著他說：「上一次牠偷吃了你的番薯，這一次我不抽你的牛哥錢，現在誰也不欠誰的，不要忘了我們是幾十年的老厝邊，多包容、少計較，更不要誤認為我這個老查某好欺負。」

「喬嫂仔，失禮啦、失禮啦，以後絕對不會有這種事情發生。」火仔牽著母牛，再三地向虎母快仔點頭道歉。

冬嬌姨挽著一籃換洗的衣物走出大門，看見虎母快仔和火仔各牽著一頭牛，以為又發生了什麼事，她神色慌張地走到虎母快仔身旁。「阿母，」她雙眼凝視著虎母快仔，低聲地問：「又發生什麼事啦？」

「火仔家那頭母牛起肖了，來借我們家牛港的種。」虎母快仔淡淡地說：「完事了，妳去洗衣，我先把牠牽上山吃草。」

冬嬌姨點點頭，看看剛移動著腳步的火仔，也看了一眼搖擺著長長尾巴的母牛。是的，凡是動物都有思春期，牛和人並沒有兩樣；牛的思春期一到，飼養牠的主人均能明察秋毫，為牠們尋找一隻精力旺盛的牛哥，除了繁衍牛犢，也安撫牠們發情時暴燥的情緒。而人呢？雖然能用理智來控制心理或生理上，一切不規律的反應，然而她已是一位身心成熟的女人，與川東結婚後也體驗過男女之間的歡怡，此時想起，記憶猶新，內心也會湧起一股難以言喻的喜悅，只是這份甜蜜，早已隨著王川東漂浮到天邊海角。夜夜，她忍受著獨守空閨的寂寞，她忍受著野貓叫春時的煽情。如果沒有曾經多好，如果未曾體會過男女間激情的床上遊戲那該多好，她的心將如同一泓碧波無痕的湖水，平靜安祥。然而，她處女的心扉已被王川東啓開，無論用什麼方式，依然不能再把它閂緊，只能癡癡地等待，等待那個男人早日歸來。

冬嬌姨邊走邊想，已來到溪仔墘，她把整籃衣物浸泡在溪水中，又一件一件把它撈起放在石板上，而後在一塊方型的石頭上坐下，把腳伸進水裡，讓潺潺的流水從她的腳上流過，當然也流走了無情的歲月。

她一一地打上肥皂，有的用力搓，有的輕輕揉；洗衣煮飯、上山下海、餵養家禽走獸，已成為她每天例行的工作，對未來她不敢想，也不敢奢望川東有歸鄉的一天。婆媳倆，一個守死寡，一個守活寡，婆婆已是一棵葉落滿地，即將枯萎的老樹，而她卻是一朵盛開的春花，期待著露水的滋潤。然而春去冬來，日復一日，她的心靈依然是乾涸的一片，期盼中的露水，卻滴在旁枝的花蕊上。

在一個封閉而靠天吃飯的小農村裡，生存原非易事，虎母快仔的體力已大不如前，經常地腰酸背痛、四肢無力、頭暈目眩，面對著一群大大小小不聽使喚的牛羊，更令她精疲力竭，田裡的農事也不是冬嬌姨一人可負荷的。因而她經常地左思右想，要如何來改變目前的環境，要如何來改造婆媳兩人的命運。她也曾經思考和檢討過，如果不讓川東遠赴南洋該有多好，相信他有能力擎起這個家，也會是一個孝順的孩子，那時，她將是這個村落最幸福的老人。而今，川東在外生死不明，她也垂垂老矣，爾後將是這個家的累贅，冬嬌雖然從小由她撫養長大，也是一個乖巧的好媳婦，但她還年輕，怎能忍受長期獨守空閨的寂寞。想當年喬仔被折磨死後，她正處在一個女人生活中不能缺少男人的高峰期，雖然她忍受著寂寞與空虛的雙重煎熬，但卻有一對乖巧的兒女陪伴著她，讓她的精神有所寄託，讓她度過一段艱辛苦楚的人生歲月。萬一有一天她走了，留下冬嬌一個人怎麼辦？又有誰能成為她生命中的精神支柱？或許是寂寞和空虛，抑或是她另有計劃和盤算，背祖離宗去改嫁？屆時，一切不可能發生的事也會發生；這個時代，那來的忠貞烈女，這個年頭，時時刻刻充滿著變數，人更是一種善變的動物，只不過是變的時間未到而已。

「冬嬌仔，」有一晚，婆媳倆吃著飯，虎母快仔突然放下碗筷，神色黯然地對著她說：「阿母的身體已一天不如一天了，以前是牽牛上山，現在是被牛拖著走，再如此下去，有一天不是被牛踹死，就是被牛港觸死。」她頓了一下，而後長嘆了一口氣，接著又說：「我決定把牠們都賣了！」

「全部賣，」冬嬌姨訝異地，「以後我們用什麼犁田？」

「我們那幾塊田都是沙地，這些年來不是旱災就是蟲害，花生收不到二麻袋，大小麥和高粱都是有穗無實，連種籽都成問題，簡直是白忙了一場。」虎母快仔說著說著，又嘆了一口氣，「女人的體力是有限的，我倒下沒關係，卻不能拖累妳，因此我決定把所有的牛羊都賣掉，用這筆錢在我們的户龍裡開家小舖，由妳來經營。」

「阿母，我們都沒有做生意的經驗，萬一經營不善賠了錢，到時侯什麼都沒有了，那要怎麼辦？」冬嬌姨憂心地說。

「這點妳放心，我們賣些糖果雜貨，日常用品，種類多一點，數量少一點，雖然小本生意賺錢有限，只要我們省吃儉用，生活應該不成問題的。」虎母快仔信心滿滿地說。

冬嬌姨不再說什麼，這是她阿母的決定，說了算數。或許，她阿母也有獨到的眼光，村裡村外駐了好多軍隊，村人也不在少數，在日常生活上，難免會缺東缺西，距離街上遠，交通又不便，如果真能開家小舖，不但利人也利己。況且，事在人為，經驗也是慢慢累積起來的，從事農耕何嘗不是也如此，現在又有阿母做她的後盾，怕什麼！冬嬌姨想著想著，頓時也有了信心，總比種田強吧！尤其當她想起扛犁挑肥、捉蟲拔草、擔水灌溉，任風吹、任日曬、任雨打的苦難時光、農耕歲月，這些原是男人肩扛的粗活，卻落在她的肩膀上，徒讓無情的歲月在她臉上抹上一片烏黑的色彩，也讓生活的重擔壓彎了她的腰。未來雖然是一個未知數，但她能體會出阿母的愛心，也能理解到阿母為什麼要放棄從事大半輩子的農耕工作，轉而要她來經營一個陌生的行業。誠然，隔行如隔山，但她會全力以赴的，好讓阿母安享晚年。

4

從海南島輾轉到台灣，從台灣來到這個離家漸近的小島，時時刻刻做著歸鄉夢，時時刻刻喊著反攻回去的口號。而夢多了、口號喊多了，所有的神經也跟著痲痺，思鄉的情愁也不再那麼地強烈虎母快仔賣掉了牛羊，放棄農耕，準備開店的消息傳出去後，村人不但訝異也認為不可思議，就憑她那副潑辣又邋遢的德性，又有誰願意上門光顧。當然在品論虎母快仔的同時，也發現到一個恰與她相反的冬嬌姨，以冬嬌姨的端莊、嫻淑和活躍，假以時日必能經營得有聲有色，絕對不會辜負虎母快仔對她的期望。

賣掉所有的牛羊，虎母快仔實在有些不捨，以前曾經被譏笑全身充滿著牛羊的騷味，而今這些味道已遠離虎母快仔的身軀，爾後將是滿身的油鹽味和糖果香，村人是否會另眼相待？駐軍還會不會叫她邋遢婆？火仔家的母牛如果再起肖，全村也找不到一頭壯碩的大牛港可替牠交配，雖然偷吃人家的農作物，與人多次紛爭，但這種情事永遠不會再發生。總而言之，虎母快仔的放牧生涯，農耕生活，還是會讓村人懷念，畢竟這是一個富有人情味的小農村。

婆媳倆再三地研議和思考，決定以「川東雜貨店」來命名，以懷念遠赴南洋謀生、音訊杳然、生死不明的王川東，也期望有一天，他能回到這個温暖的家庭，負起為人子、為人夫的雙重責任。尤其是供桌上的香火，急待他來傳承、來延續，無論發生什麼事故，總要捎個信，竟連同行的遠房表親，也是音訊全無，真是情何以堪呀！而且無情的光陰已輾過無數的日夜晨昏，虎母快仔的鬢邊已是雪花片片，冬嬌姨也已邁向青春時期的最高峰，過著人生歲月最苦悶的時光，承受著女人生命中無情的枷鎖和傳統的束縛。

三十三師調回台灣，由六十九師來接防。王氏家廟援例由營部借用，官兵分別駐守在村郊的碉堡或民房，冬嬌姨佔了地利之便，生意更加興隆。虎母快仔腦筋一動，為冬嬌姨買了一部手搖的中古「針車」，除了賣雜貨也兼起了縫紉，專門為兵仔修改軍服、縫「襪底」。當然一年發一套的軍服，大部份是放長改短，補破洞；一年發四雙襪子，往往穿不了幾次襪底就破了，只要他們找上門，冬嬌姨會依襪子的大小，先用漿糊把三層舊布粘上曬乾，再裁剪成腳底狀，然後用「針車」一圈圈地「車牢」，再用手工一針針地縫接在襪子上，如此精工又細密，保證可穿上好幾個月而不破，雖然價位低廉又費工夫，但薄利多銷是商場上另一種竅門，久而久之，的確為冬嬌姨賺了不少錢，也不得不佩服虎母快仔的眼光。

營部新來了一位「副官」，雖然都是北貢，但比一些老北貢年輕多了，而且溫文儒雅，沒有一般北貢兵的粗豪。

「冬嬌姨，」有一天，副官帶來一件草綠色軍褲，一進門就禮貌地說：「公發的褲子腰太大，麻煩妳幫我改一下。」

「你怎麼知道我是冬嬌姨？」她從椅上站起，面對著這位未曾見過面的軍官，笑著說。

「汽車官介紹的。」他也笑著。

「大多少？」冬嬌姨接過他手中的褲子，攤開一看，柔聲地問。

「還是麻煩妳幫我量一量。」

冬嬌姨點點頭，然而當她的手拉著自製的布尺環過他的腰，卻聞到一股熟悉而成熟的男人味，她的心一怔，猛而地抬起頭，看了他一眼，一朵美麗的彩霞從她的頰上掠過，眼前這位陌生的男人隨即幻化成王川東的身影，讓她喜悅異常。

她眨眨眼，搖搖頭，企圖摔掉浮現在腦中的一切雜念，回歸到現實中的自我，於是她收回布尺，用筆在褲腰的內則做上記號，把它摺好，放在縫紉機旁。

「好了，後天再來拿。」她說著，隨即低下頭，走向櫃檯。

「對不起，冬嬌姨，我順便買塊肥皂，買一個洗衣刷。」他緩緩地走向櫃檯，並從口袋裡取出一張五元的鈔票，緊握在手中，而後問：「這個村子裡，不知道有沒有幫人洗衣的？」

「有呀，」冬嬌姨不假思索地說：「你要請人洗衣啊？」

「自己洗不乾淨，花點錢，省得麻煩。」

「那我來幫你洗好了。」

「真的？」

「當然。」

「是論件還是算月的？」

「到時再說吧。」

冬嬌姨真的幫副官洗起衣服了，她自己也說不出是基於什麼理由，平常的店務已夠她忙碌，現在又多了一份額外的工作，難道是想聞一聞男人的味道，還是想從其中回味舊有的時光和失去的歲月？沒人曉得她內心想的是什麼，虎母快仔看在眼裡也不敢問明原委，只感應到她的春心在蠕動，尤其是當副官單獨送衣服來洗的時候，感應最為強烈。

「冬嬌姨，妳已經幫我洗了一個多月的衣服，工錢還沒有算呢。

」副官很誠懇地說。

「急什麼，以後再算也不遲。」冬嬌姨不在乎地說。

「小錢不算，大錢就理不清囉。」

「不會啦。」冬嬌姨說著，順手拉出一張椅子，「請坐，我為你倒杯水。」

「別客氣，冬嬌姨。」副官移動了一下椅子，「經常來打擾妳，真不好意思。」冬嬌姨笑笑，逕自走向桌旁，從熱水瓶裡，倒下一杯白開水。然而當她移動著腳步的同時，副官炯炯有神的目光卻緊緊地盯住她。他似乎看到一個美的化身，那是一個成熟的少婦之美，彷彿是回到老家，看見愛妻的影像；彷彿是身著戎裝，返抵家門，接受愛妻親手奉上的一杯熱茶。

「喝杯熱開水，」冬嬌姨走近他身旁，雙手遞給他，「小心，別燙著。」

「謝謝。」副官接過開水，目光卻依然滯留在她的身上，他是否要從她身上尋找一個即將褪色的記憶，還是這個記憶已隨著河山的變色而失去。從海南島輾轉到台灣，從台灣來到這個離家漸近的小島，時時刻刻做著歸鄉夢，時時刻刻喊著反攻回去的口號。而夢多了、口號喊多了，所有的神經也跟著痲痺，思鄉的情愁也不再那麼地強烈，只是今天來到這個島嶼，來到這方小店，看到一個美麗而熟悉的影子，看到一個親切怡人的笑靨，怎不教他黯然神傷。

「只知道你是營部的副官，還沒有請教你貴姓大名呢？」久久的沈默，突然冬嬌姨含笑地問他。

「何景明，」副官極端豪爽地答：「人可何，風景的景，明天的明。祖藉山東煙台。」

「山東，」冬嬌姨看了她一眼，「山東人喜歡麵食，改天我煮麵請你吃。」

「麵是我們家鄉的主食，不怕妳見笑，我一口氣可以吃下一大碗麵條。」他用手勢，興奮地比劃著，「來到台灣吃的都是大米飯，在這裡也不例外，如果能吃到妳親手煮的麵，就彷彿回到自己的家一樣，相信我也能吃下一大碗。」他頓了一下，而後又說：「妳的生意那麼忙，實在不好意思麻煩妳。」

「只要你不嫌棄，隨時歡迎你的光臨。」冬嬌姨由衷地說。

「冬嬌姨……」

「叫我冬嬌就好，」副官尚未說完，冬嬌姨搶著說：「以後我也不叫你副官，就叫你何大哥，好不好？」

「妳的坦率、妳的真誠，讓我有回家的感覺，冬嬌姨比冬嬌更富有親切感，在我心中，妳是永遠不變的冬嬌姨；當然，我也願意聽妳叫我一聲何大哥。」

「何大哥，」冬嬌姨隨即低喚了一聲，她的聲音是那麼地幽美柔情，她的內心也沒有一點兒虛假，這絕對是真情的流落，不是一般勢利的應對。

副官從椅上站起，雙眼久久地凝視著冬嬌姨，冬嬌姨何嘗不是也看著他。於是，一絲微妙的情愫在他們內心滋長著，它能幻化成一道什麼樣的光芒，它能開出什麼樣的花朵，就讓時間來告訴我們吧！

5

一位失去兒子的母親，她焉能再失去媳婦。上天對待祂的子民有時是不公平的，好不容易把孩子拉拔長大，卻在一瞬間又失去了孩子，如果沒有妳這位好媳婦，她人生之路將更難行，她的生活也沒有了依靠虎母快仔聽不懂國語，當然也不會講國語。每次看到冬嬌姨和副官有說有笑，雖然聽不懂，但卻能意會到這對男女有不尋常的關係存在著。尤其每逢禮拜天，冬嬌姨都會留他在家裡吃麵，雖然沒有什麼越軌的情事發生，副官也左一聲「阿婆」，右一聲「阿婆」來尊稱她，有時會托採買帶半斤五花肉，或偷偷地帶來一罐軍用酸菜罐頭。因此，虎母快仔並沒有排斥他，始終把他當成自己的孩子來對待，但也憂心有一天，純樸乖巧的媳婦，會禁不住男人甜言蜜語的誘惑，以及難以忍受的孤單和寂寞，丟下她這個無依無靠的老人，遠走高飛，虎母快仔的憂慮不是沒有理由的。

從平日的言談中，副官對於這個沒有男主人的家庭，也粗淺地有一些瞭解，冬嬌姨的命運與他有家歸不得是很相似的，但她似乎比他強多了，至少她還生活在自己的土地上；有相依為命、相互照顧的婆婆，有一個屬於自己的家，而他卻隨著部隊，流浪在天涯和海角，何時何日能歸鄉，何年何月能見到白髮蒼蒼的爹娘，還有聚少離多尚無子嗣的愛妻，以及那片壯麗的山河。

人的感情是脆弱的，尤其是常年在外漂泊的遊子，副官雖然是一條壯碩的山東漢子，每當想起或談起故鄉事，眼眶依然會有淚珠在蠕動，但他卻從不輕易地讓它滴下，把思鄉的情愁和淚水，一滴滴往肚裡吞。

「何大哥，將來調回台灣，如果有機會應當再成個家。」一個風雨交加的假日午後，來往交易的客人並不多，冬嬌姨站在櫃檯旁，右手托著腮，面對著坐在椅上的副官說。

「坦白說，剛到台灣時，的確有很多機會，但我一直深信，不久就要回家去了；到處留情受傷害的最後還是自己，而且男女間的關係很微妙，像冬嬌姨妳那麼誠懇端莊的女人倒是少見。」副官極端感性地說。

「台灣地大人多，工商業發達，它的社會是較開放的；而我身處的是一個思想保守、社會封閉、貧窮又落後的小島，雖然從小在這個家庭長大，但也被這個家庭所束縛，何大哥，或許我的命運就定位在這裡了。」

「認命，有時是一種錯誤的想法，不認命，誰膽敢與命運博鬥；人，有時生活在矛盾裡而不自知，這是多麼地悲哀呀！」

「不錯，何大哥，我就是其中之人。」冬嬌姨突然傷感地，「我們雖然際遇不同，病情卻沒兩樣。你是因戰亂而離家拋妻，我是因夫君出外而獨守空閨。如今你與家人失去連絡，我的夫君生死不明，命運卻安排我們相遇相識，在這裡閒話家常。」

「有時我們也不得不相信佛家所謂的『緣』字，從認識到現在，我們一直談得很投機，但並沒有逾矩，因為我們心中有一個『誠』字，惟有如此，友情才能持久，才不會中斷。」

「你的譬喻讓我感同心受，尤其在這個小農村裡，村人的思想很保守，男女經常在一起聊天，有時也會惹來一些閒言閒語，以及異樣的眼光。或許我們都不會顧忌和計較，但我婆婆的想法就不一樣了。」

「我們都能體會到一個老年人的心情，一位失去兒子的母親，她焉能再失去媳婦。上天對待祂的子民有時是不公平的，好不容易把孩子拉拔長大，卻在一瞬間又失去了孩子，如果沒有妳這位好媳婦，她人生之路將更難行，她的生活也沒有了依靠。」

「或許，這就是命吧。」

「不，有時也不必向命運低頭。如果有一天，妳對人生另有規劃和打算，也必須侍奉她老人家終生，絕不能棄之而不顧；別忘了，她永遠是妳的母親。」

「如果有這一天，天涯海角我也願意揹負她一起走；但我深信，這一天是永遠不會到來的。」

「冬嬌姨，」副官從椅上站起，愉悅地笑著，「留點空間，不要把話說絕了。」冬嬌姨沒有任何回應，只抿著嘴微微地笑著。

窗外的雨依然沒有停的意思，副官走到門前，抬頭望著陰暗的天空，這場雨要下到什麼時候呢？他自個兒滴咕著。

「何大哥，」冬嬌姨也從櫃檯走了出來，站在副官的旁邊，「時候不早了，我先下碗麵給你吃。」

「不必麻煩了，」副官轉過頭，面對著她，「回去還趕得上晚餐。」

「雨下得這麼大，你怎麼走？」

「冬嬌姨，別忘了我是一個革命軍人，」副官笑著說：「大砲、子彈都不怕，還怕這點小雨。」

「說來也是，我倒忘了革命軍人是鐵打的！」冬嬌姨也笑著。

送走了副官，面對著窗外的雨聲，冬嬌姨的內心似乎有一份難以言喻的空虛感。於是，她想起了生死不明的王川東，她想起成親時的那份甜蜜，她想起婚後繾綣纏綿的美好時光，然而逝去的歲月永遠不能再復返，再怎麼甜蜜，再怎麼美好，依然只是一縷繚繞的雲煙。

冬嬌姨轉頭走回店內，坐在那台老舊的針車旁，待縫的襪子、待改的軍服，挑著擔子上街進貨，回來時忙於家事店務，還必須照顧行動不便的阿母，如此的生活，雖然沒有農耕的笨重，肩頭的壓力卻始終沒有減輕。然而，這些對她來說似乎都是其次的，真正讓她難以忍受的，是在夜深人靜時。好多次、好多次，她總會在半夜裡醒來，彷彿有許許多多不知名的蟲兒在她體內蠕動，她抱緊著枕頭，抱緊著一床厚而重的舊棉被，她要使盡力氣，把那些小蟲壓死，排出她的體內，還她一個安寧，還她一個寧靜的夜。於是，她的體溫不停地上升，汗水浸濕了她的衣裳，床褥也濕了一大片，她的身軀已被黑夜所吞蝕，流出一泓生命中難以忍受的春水，但卻驅不走青春歲月裡，心靈空虛又寂寞的苦痛時光。

6

以冬嬌姨的智慧和手腕，或許有足夠的能力來判斷是非的眞僞，但如果碰到一些自作多情的北貢兵呢？任憑冬嬌姨的智慧再高超，依然是鬥不過他們的，因爲他們什麼都怕，就是不怕死！

「川東雜貨店」的營業狀況一直很好，但進進出出的人也很複雜，尤其是一些北貢兵，看準了小辣椒的風華和獨身的好欺，買東西兼吃豆腐是常見的事。冬嬌姨為了生意，始終不願意得罪他們，任由他們說一些不正經的「三八」話。

「我說小辣椒啊，」高個子排副一見面，就大聲地嚷著：「我敢保證，妳那個沒良心的老公，鐵定是不會回來的，說不定已經娶了印尼番婆，妳還替他守這個活寡幹什麼呀！趁年輕，找個郎，嫁了吧！」

「冬嬌姨，如果妳想開了，要嫁就嫁給我們排副。」麻子文書竟做起了媒人。

「你他媽的別亂開玩笑。」排副不好意思地罵著他說。

「冬嬌姨，我不是開玩笑，」麻子文書正經地說：「排副年紀和妳差不多，既不吸煙也不喝酒，長得又帥，妳倆倒是挺相配的。」

「別開玩笑了，」冬嬌姨收起了笑容，提出了警告，「等一下讓我婆婆聽見，她要罵人的。」

「她聽不懂我說的國語，我也聽不懂她罵的地瓜話，正好擺平。」麻子文書不在乎地說。

「汝去死。」冬嬌姨故意用本地話罵他。

「嘿，妳這個小辣椒，怎麼罵人呢？」麻子文書指著她，笑著說。

「你不是聽不懂地瓜話嗎？」冬嬌姨笑著反問他。

「妳這個小辣椒，比我們四川的還辣！」麻子文書一臉的無奈。

排副和冬嬌姨則笑成了一團。

「怎麼好久沒看見邋遢婆呢？」排副對著冬嬌姨說。

「四肢無力又氣喘，在床上躺了一個多月了。」

「上了年紀的老年人，都是這樣。」排副關心地，「少了一個幫手，妳辛苦啦。」

「其實也沒什麼，只是上街進貨時，沒人照應，必須關上店門。

」

「妳可以坐我們的採買車，上街進貨呀。」麻子文書為她出點子，「叫排副給汽車官打聲招乎就成了嘛。」

「你真他媽的麻子多點，」排副面有難色地說：「軍車不能載老百姓，難道你不知道！」

「車子那麼大，多坐一個人有什麼關係，」麻子文書理直氣壯地說：「只要採買和駕駛不講出去，鬼會知道！」

「麻子點子多，一點也不假。」排副取笑他說。

「別損人了，我是為誰辛苦為誰忙呀！」

「當然是為了冬嬌姨。」排副直接了當地說：「你麻子最好不要亂講話，小心副官要你站好。」

「是的，排副。」麻子文書向他敬了一個舉手禮，是誰常到這個地方走動走動，他們清楚得很，只不過是想逗逗小辣椒而已。

冬嬌姨聽到他們提起副官，平靜的心湖也湧起了一絲漣漪。她裝著沒聽見，只聚精會神地看著他們在演戲。

「坦白說，小辣椒，妳真是看對了眼，」排副正經地說：「副官的人品、文品都是一流的，營長也要敬佩他三分，據說馬上要調二營的副營長。」

「不要跟我開這個玩笑，」冬嬌姨神情嚴肅地說：「他和你們沒兩樣，只不過是常來買點東西，偶而地坐坐、聊聊。」

「冬嬌姨，咱們排副也是山東人，什麼時候請吃麵，讓我麻子來做陪。」

「隨時歡迎。」冬嬌姨雖然答得很爽快，但也感到雙頰一陣熾熱，心想這些北貢兵真是神通廣大，竟連副官在這裡吃頓麵，也摸得一清二楚。

「好，就這麼說定了，」排副右手擊了一下左掌，「另日大夥兒就在冬嬌姨家裡，為副官餞行。」

他們興奮地笑著，惟有冬嬌姨的心情是沉重的，雖然何大哥升官是一件值得慶幸的事，但二營距離這裡有一段很長的路要走，或許，將來見面的機會要少了，閒話家常的機會也不會太多，就讓一切隨緣吧，該來的總是會來到，不該來的也不能去強求。

在川東雜貨店進進出出的北貢兵多於村人，生意興隆有目共睹，冬嬌姨的活躍和親切以及圓融的生意手腕，的確為她賺來一筆可觀的錢財，尤其能和這些來自不同地域的北貢兵打成一片，更是讓人佩服。然而，保守的村人卻不認同她的做法，虎母快仔臥病在床，川東生死不明，如今剩下她一個人，整天與那些兵仔嘻嘻哈哈、動手動腳，成什麼體統。如果要改嫁趕快，如果想走也趕快，不要做一些傷風敗俗的事，萬一將來出了什麼差錯，誰來負責。那些北貢兵打從大江南北來，北仔的個性有些是很「草包」、很兇悍的，鄰村的一位寡婦，就是與北貢兵發生一點感情糾紛，被他用槍活活地打死，這是一個多麼慘痛的教訓，村人也提出警告，冀望冬嬌姨好自為之。當然，以冬嬌姨的智慧和手腕，或許有足夠的能力來判斷是非的真偽，但如果碰到一些自作多情的北貢兵呢？任憑冬嬌姨的智慧再高超，依然是鬥不過他們的，因為他們什麼都怕，就是不怕死！

冬嬌姨的廚房就設在「尾間仔」，但留有一個小門與雜貨店相貫通，好方便她一面煮飯一邊看店。裡面築有一大一小兩個燒柴的土灶，平常只有她和虎母快仔兩個人，煮飯炒菜用的都是小灶。然而，一件不幸的事故，就發生在她煮晚飯的時刻；那時她剛點火燒柴不久，店內卻有人喊著要買香煙，她連忙地塞進許多枯枝和樹葉，讓它自己燃燒，而後逕自回到店裡賣香煙。就在她找錢的那一個時刻，突然一聲巨響，一陣嗆鼻的火葯味和濃煙由廚房冒出，冬嬌姨快速地跑進虎母快仔的房間，揹起臥病的她，驚慌失措地往外跑，口中不停地喊著

「救命啊、救命啊！」。然而，當濃煙被風吹散後，一切卻歸於平靜，只是引來大批圍觀的村人和兵仔。村指導員聞訊趕來瞭解，並配合師部的憲兵官做調查、製筆錄。冬嬌姨的土灶被炸燬，鍋子也被炸碎，受驚的程度不在話下。是那一位「夭壽短命」的兵仔，想把她炸死、想把她害死、想置她於死地？她自信沒有得罪過任何人，為什麼會遭受如此激烈的報復手段？冬嬌姨百思不解。

自此之後，「川東雜貨店」被軍方列為禁區，不管是老北貢或新北貢，沒有人敢再踏進店門一步，竟連副官也不例外。冬嬌姨的生意隨即一落千丈，僅靠村人和孩童一些零星的消費；老舊的針車擺一邊，修改軍服和「縫襪底」是否會成為歷史呢？其實也不盡然，相信川東雜貨店會有解禁的一天，因為這個師已駐防一年多了，不久又將換防，俟新部隊一到，冬嬌姨會不會又是一條又紅又辣的小辣椒？

7

雖然川東離開這個家好幾年了，但她依然為他守著一個乾淨清白的身軀，忍受身心的雙重煎熬，日日夜夜期待著他的歸來，夢想著他的歸來；然而這個夢似乎已離她很遠很遠了虎母快仔死了，她似乎沒有太大的痛苦和掙扎，而是在自然、安祥的睡眠中死去。接二連三的家庭驟變，冬嬌姨已流盡了悲傷的淚水，如今更是無依無靠，孤單無助，幸好有這間小店舖來打發時間、維持生計。而令她更興奮的是，大表哥已同意把小侄兒過繼給她，讓她孤單的心靈有一個伴，讓王家的香火有人來傳承，她也將正式地成為這個孩子的母親，負起撫養和教育的重責大任。

孩子長得聰穎乖巧，活潑可愛，雖然只有四歲大，卻善解人意。依輩份，他尊稱虎母快仔為姑婆，將來長大後，林家、王家可同時兼顧，這何嘗不是美事一樁。冬嬌姨僅把他的姓由林改為王，名字依然是耀忠，小名叫阿忠；但阿忠不叫她阿母，是喚她阿娘，然而不管孩子叫她阿母或喚她阿娘，冬嬌姨的內心永遠有一份難以言喻的滿足感。如果川東不出外，她們的孩子何止四歲、何止一個；如果川東能依諾歸來，相信她們也會有自己的孩子，一切都是命，一切都是命中註定，她又能怨誰、又能恨誰。而今，心靈總算有了寄託，老時也有了依靠，在未來的人生歲月裡，她又有何冀求。

一個風雨交加的夜晚，阿忠已睡了，她洗完臉正要回房，突然一陣急促的敲門聲：

「冬嬌姨，我是阿志，拜托妳開一下門，我買二包煙。」

阿志，冬嬌姨心裡一怔，這個村人公認的「歹囝」，在這個風雨交加的夜晚來買煙，她的內心不禁打了一個寒噤，就在她猶豫不決的剎那，激烈的敲門聲又響起：

「冬嬌姨、冬嬌姨，快開門、快開門，我買二包煙！」而後又是一陣砰砰的敲門聲和急促的喊叫聲。

「阿志啊，你要買什麼煙？」冬嬌姨心想如果不回應他，這扇門遲早會被他踢開，於是她燃起「土油燈仔」，在門裡問著說。

「新樂園！」阿志的口氣很不友善。

冬嬌姨從置物架上拿了兩包新樂園香煙，把土油燈仔放在櫃檯上，輕輕地啓開一條拳大的門縫，左手拿著煙從門縫遞出去，右手握著門閂，以防止他闖進來。然而再怎麼防，也防不了有心的小人，他猛力地把門一推，冬嬌姨深恐被門撞到，快速地退後一大步，然而阿志的雙腳已跨過門檻，而後身子一轉，急速地把房門閂上，冬嬌姨首先聞到的是一股噁心的酒臭味。

「你出去、你出去！你要幹什麼、你要幹什麼？」冬嬌姨驚慌地、恐懼地一直往後退。

阿志沒說一句話，張開雙手，一步步向前逼進，佈滿血絲的雙眼緊緊地凝視著她。

「冬嬌姨，我警告妳，不要大聲小聲叫，妳知道我阿志是吃軟不吃硬的！」他說著說著，突然地亮起一把尖刀，在冬嬌姨面前比劃著，「我知道妳已守了好幾年的活寡，妳也清楚我是沒有結婚的歹囝，只要妳乖乖地聽話，辦完事我就走，如果想掃我的興，」他說著突然提高了嗓門，露出一副猙獰的嘴臉，「刀子是沒長眼睛的！」

「阿志，我求你、我求你，不要這樣、不要這樣。」冬嬌姨雙手作揖，不停地抖著，「我給你一百元，再送你一條煙，求你饒過我，求你饒過我。」

「冬嬌姨，我想妳已經想很久了。在我心裡，妳是一個無價之寶，怎麼僅值一百元、一條煙呢？」他說著「拍」地一聲，把刀插在一旁的桌上，緊緊地抓住她的衣袖，一把拉了過來，冬嬌姨使盡力氣，想掙脫他的魔手，非但不能如願，反而讓他緊緊地抱住。

「阿志，我求求你、求求你，你要多少錢，我給你、我給你。」冬嬌姨苦苦地哀求著說。

他無視於她的哀求，依然緊緊地抱住她，不停地用唇在她的臉上尋找著一個可以停留的地方，而冬嬌姨的頭卻不停地搖晃著、不停地搖晃著，讓他不能得逞。然而，他的慾火已燃，理智也難以控制逐漸加溫的慾火，她愈掙扎，他抱得愈緊，並不停地扭動下半身，一挺一挺地挺著她的身軀，右手又撩開她的上衣，伸進她的褲腰裡，企圖脫下她的長褲。冬嬌姨邊掙扎，邊捶打他的胸、他的臂，幾乎消耗掉大半的體力。終於冬嬌姨的體力已耗盡，被強壓在地上不能動彈，但她的理智告訴她，絕不能讓他得逞、絕不能讓他得逞！

阿志的左手環過她的脖子，舌尖不停地在冬嬌姨緊閉的唇上擾動，冬嬌姨不停地晃動著頭，不僅想晃走他的舌、他的唇，更想晃走令人反胃的口臭和酒臭。理智再次地告訴她，絕不能讓他得逞，也不能高聲呼喚而驚嚇到熟睡中的孩子，她絕對會戰勝一切，驅走這個惡魔！

他再次地用力想褪下她的褲子，冬嬌姨咬著牙，雙腿一縮，猛力一蹬，巧而正踢中他的下體，只見他「哎」地一聲，雙手緊緊地摀住被踢中的地方，痛苦地扭轉著身軀，冬嬌姨迅速地站起，猛力地甩了他一記耳光，又踹了他一腳，憤怒地指著他說：

「你不要欺人太甚！如果不快點滾出去，我馬上叫人來！」

阿志痛苦地爬了起來，手撫著下體，狠狠地瞪了她一眼，而後有氣無力地罵著：

「幹恁娘，妳這個臭女人！總有一天，老子會找妳算帳的！」說完後，拔起刀，開了門，一跛一跛地往外走。

「呸！」冬嬌姨一把把他推出去，並朝他身上吐了一抹口水，而後門緊了門，疲憊地走回房，坐在床沿，獨自地啜泣著，想起剛才那幕恐怖的情景，想起一生的清白差點蒙塵，怎不教她淒然淚下。

她看了看熟睡中的孩子，未脫的稚氣，滿臉的純真，何年何日才能長成，何年何日才能護衛著她這個母親，一切仍是未知數，一切仍在遙遠的深邃裡。明日天明時，她是否該到村公所報案？或是向村中長老提出申訴？抑或是息事寧人，爾後嚴加防範，以免擴大事端？無數的問號，正考驗著她這個弱女子的智慧，橫生的枝節、突發的狀況，同樣地讓她百感交集，心生疲憊；人活著，痛苦遠勝快樂，這是她親身的體會和感受。

她走出臥室，端來一盆水，重新擦拭著被魔掌碰觸過的身軀，一遍遍地擦拭，絕不讓它留下一點污濁的痕跡。從她懂事、長大、結婚到現在，她的身體只屬於川東一人所有，雖然川東離開這個家好幾年了，但她依然為他守著一個乾淨清白的身軀，忍受身心雙重的煎熬，日日夜夜期待著他的歸來，夢想著他的歸來；然而這個夢似乎已離她很遠很遠了，或許是尋好夢，夢難成，誰又知她此時情，至少她內心的感嘆是如此的，她的思維何嘗不是也如此。

她喚醒孩子起來便溺，孩子溺畢後倒頭又睡，永遠不知道他的母親在短暫的時光內，歷經過一場浩劫。如果她的行為有差池，這是上天對她的懲罰和報應，也是罪有應得，如果蒼天憐憫她的處境，應該賜福予她、保佑她，不應讓她再遭受如此的折磨和打擊。或許，苦難的日子很快就會過去的，明天將是一個艷陽高照的好天氣，燦爛的陽光將驅走她內心的陰霾，她將陪著孩子往前走，走向一個幸福的康莊大道，讓孩子留下一個美好的回憶。然而她能嗎？向人生挑戰才開始，還有一段長長的路要走，還要歷經生命中，另一段辛酸的淒風苦雨。

8

人生的路途絕非如她想像的那麼平坦，前面有阻礙前進的高山，頂上有酷寒的風霜和雨雪，它正不停地、永無止境地考驗著她，如果不在起跑點自我調適，如果缺乏恆心和毅力，鐵定抵達不了終點。

二年，七百多個日子，雖然是一段漫長的時光，駐軍在海岸邊新築的工事也尚未完工，但輪調換防的命令到了，打前仗的先遣人員有些來、有些走；走了「他媽的」山東部隊，來了「丟他老母嗨」的老廣，「川東雜貨店」的冬嬌姨也順理成章地列入移交，因為她的貨物最齊全，待人又誠懇，全村也只有她一台修改軍服、縫襪底的針車。以前「他媽的」禁區，此時卻「丟他老母嗨」地解禁了，冬嬌姨開始忙碌了，財源也滾滾地來，然而忙碌緊張的生活，讓她忘了許多不愉快的事。不久之前，那個「死囝仔」阿志，因為犯了許多案件，被捉去關了，但她的床頭、門後卻依然準備著一枝短小的木棒，畢竟小人是很難防的，萬一有突發的狀況發生，好自衛，別以為她這個女人好欺負。

活潑可愛的阿忠，經常跟著北貢兵到處玩，甚至在兵仔營吃飯，營部的矮仔士官長還教他識字、寫字，講故事給他聽，甚至帶他上山烤番薯、捕蟬、捉蟋蟀，讓他度過一段快樂的童年時光。

矮仔士官長雖然二十好幾，但因長得矮小，又是天生的樂天派，公餘常在村裡打轉，除了阿忠外，其他孩子也儼然成為他的好朋友，冬嬌姨也非常放心地，讓孩子跟著他一起玩。

「唆翟。」每當阿忠見到矮仔士官長，都會這樣子叫他。

「小唆翟。」矮仔士官長也會高興地拉著他的手，摸摸他的頭。

然而看在冬嬌姨眼裡、聽在冬嬌姨耳裡，卻也倍感新鮮，一個「唆翟」、一個「小唆翟」到底他倆講的是什麼話，搞的是什麼名堂，的確讓她滿頭霧水。

「阿娘，士官長說：『唆翟』就是『傻瓜』和『戇呆』啦。」阿忠滿臉稚氣地說。

「既然唆翟是傻瓜和戇呆，你為什麼還要叫人家唆翟呢？」冬嬌姨好笑地問。

「他說：他偷偷跑出來當兵是唆翟。」阿忠滿臉純真，看著冬嬌姨說。

「你並沒有當兵啊，他為什麼叫你小唆翟？」

「他說：想跟他玩、想聽他說講故事的都是小唆翟。」

冬嬌姨聽著聽著，看他滿臉的稚氣，一副天真模樣，情不自禁地笑出聲來。巧而一位老北貢走到桌旁，拿起二個花生餅，問說多少錢，冬嬌姨尚未來得及答覆，阿忠卻不加思索地答：

「一顱。」

「你亂說什麼呀！」冬嬌姨輕拍了他一下，趕緊向老北貢說：「二個一塊錢。」

「冬嬌姨，這位小弟沒說錯，一顱就是一塊錢。」

「誰教你說這些怪話呀？」冬嬌姨摸了一下阿忠的頭，笑著說。

「阿娘，這不是怪話啦，是唆翟的家鄉話。」

冬嬌姨看看孩子，內心隨即掠過一絲甜蜜的微笑，阿忠的聰穎，讓她感到安慰；尤其當她看到日漸茁壯的孩子，更令她高興萬分。辛苦總算有了代價，但人生的路途絕非如她想像的那麼平坦，前面有阻礙前進的高山，頂上有酷寒的風霜和雨雪，它正不停地、永無止境地考驗著她，如果不在起跑點自我調適，如果缺乏恆心和毅力，鐵定抵達不了終點。

「小唆翟，」一個悶熱的夏日晚上，矮仔士官長帶著一把手電筒，興奮地告訴阿忠說：「你去叫阿平、阿順一起來，我們到樹林裡捕蟬。」

「天這麼黑，我不敢去。」阿忠抬頭看看他，膽怯地說：「戇伯公說：樹林裡有鬼，小孩子不能去。」

「真是唆翟，」矮仔士官長搓了他一下頭，笑著說：「你不要聽他胡說，戇伯公是老糊塗、活見鬼！」

阿忠真的找來阿平和阿順，由矮仔士官長打著電筒，直接往村後的樹林裡走去，他們在一株苦楝樹下停住腳步，矮仔士官長輕聲地告訴他們說：

「現在大家都不要講話，阿忠拿電筒照在地面，我爬上樹搖動著樹桿，蟬會飛到光亮處，阿平和阿順就負責撿拾，一隻隻把它放進盒子裡。」矮仔士官長的聲音放得更低，「你們都聽清楚了吧？」

他們都默不出聲，只微微地點點頭。

矮仔士官長走到樹下，只見他手一攀、足一蹬，很快地爬了上去，而後猛力地搖動著樹桿，於是一聲聲吱吱的叫聲，一隻隻黑色的蟬兒，快速地撲向燈光處，讓阿平和阿順忙得團團轉。

他們相繼地搖了好幾株苦楝樹，捉了滿滿的一盒子，公母合計約有百來隻，平常捕一隻蟬要花費好些功夫，想不到矮仔士官長這一招竟然那麼厲害。阿忠把手電筒還給矮仔士官長，他雙手捧著紙盒，盒裡掙扎的蟬兒讓他雀躍萬分。回到家裡，矮仔士官長向冬嬌姨借了一把剪刀，他一隻隻把翅膀剪掉，簡單地洗了一下，熱了鍋，滾了油，端上桌的是一盤香噴噴的油炸蟬，孩子們都看傻了眼，矮仔士官長卻一隻隻往嘴裡送。

「好！又香又脆。」矮仔士官長端起盤子，分給他們每人一隻，轉而走到冬嬌姨面前說：「冬嬌姨，妳也嚐嚐。」

「不，不。」冬嬌姨輕輕地推了一下盤子，皺著眉頭說：「看到就噁心，我不敢吃。」

「阿娘，」阿忠口中吱吱地嚼著油炸蟬，興奮地對著冬嬌姨說：「真的很香、很脆、很好吃。」隨即又從矮仔士官長手端的盤裡拿了一隻，送進嘴裡。

冬嬌姨仔細地看了看，一隻隻被炸得扭曲變形的可憐蟬，怎捨得再吃它們一口；然而她的不捨，卻讓孩子們興奮異常，從來就沒有吃過這麼好吃的東西，他們也非常感謝矮仔士官長，如果沒有他這個「囝仔王」，他們根本不懂得捕蟬的技巧和方法，或許永遠也吃不到這麼好吃的「蟬酥」。

矮仔士官長在部隊似乎沒有什麼事情，或許最主要的原因是與營長同鄉，是營長從家鄉把他帶出來的，如今有家歸不得，營長的內心始終有一份愧疚，因而，他一直在營長特權的照顧下，享受到一份不一樣的待遇。當然矮仔士官長是懂得分寸的，他除了童心未泯，喜歡和孩子們打成一片外，長官交辦的事，以及他份內的工作，都會如期地完成和做好，他自稱是「唆翟」，但很多人都認為他是「天兵」，常保一顆快樂的心。

矮仔士官長養了一隻漂亮的小黑狗，經常跟著他在村裡打轉，孩子們也是小黑、小黑地呼喚著牠，乖巧通人性的小黑，無形中也成了孩子們的朋友。然而有一天，矮仔士官長卻告訴孩子們說：要請他們吃狗肉，就在說後的那天晚上，他真的端來一大碗熱騰騰的狗肉，孩子們只知道狗肉香，他們怎麼知道吃的是小黑的肉，啃的是小黑的骨頭。

「夭壽，真夭壽！」冬嬌姨心裡有數，暗中罵道：「這些廣東仔，真夭壽！」

然而夭壽歸夭壽，誰不知道狗肉是老廣的最愛，只是令人不解的是，一隻那麼乖巧，那麼可愛的小狗，他們竟忍心、竟那麼殘忍地把牠給殺了，無知的孩子竟也吃得津津有味，一旦他們知道吃的是小黑的肉呢？是否會流下一把同情淚，還是期待著下一次的狗肉香？

在冬嬌姨眼裡，矮仔士官長就猶如自己的兄弟一樣，對孩子的疼愛，她也是感激在心。有一天他帶營長來修改褲子，想像中的營長，應該是一個老態臃腫的老北貢，然而，佇立在眼前的卻是一位溫文儒雅的中年軍官，冬嬌姨為她量了腰圍，量了褲長，卻情不自禁地多看了他一眼，他濃眉大眼又留了一個小平頭，顯現出一副英姿煥發的革命軍人氣慨。中等的體形，雖沒有山東漢子的魁武，但全身上下卻散發著一股中年男性獨特的魅力，以前那位山東副官，或許要略遜他一籌，面對著這個男人，的確讓她的心兒怦怦跳。

「營長，」冬嬌姨攤開待修改的褲子，面對著他說：「急不急著穿呀？」

「不急、不急，有空再改。」營長搖搖手說。

「營長，你請坐。」冬嬌姨順手拉出一張椅子，極端客氣地說；而後又搬來一張「椅頭仔」，對著矮仔士官長說：「你也請坐。」

「謝謝妳，冬嬌姨。」營長依然站著，並沒有坐下，「聽士官長說，妳店裡的生意不錯啊！」

「馬馬虎虎啦，」冬嬌姨客氣地說：「都是營上弟兄的照顧啦！」

營長微微地笑笑，面對著這個風韻猶存的小婦人，想起自已離鄉背井、孤單又苦悶的軍旅生活，如果不出來多好，他賢慧的妻子，也有冬嬌姨般的韻味，孩子也比她的兒子大。而此時，歸鄉的路途愈來愈遠了，妻子是否能像冬嬌姨一樣，養育孩子、守住家，還是已改嫁成他人婦？家，對一位長年在外漂泊的旅人來說，是多麼地重要啊，然而人海茫茫，何處去找尋！營長的思緒剎那間掉進深淵谷底⋯⋯。

「營長，」冬嬌姨挪了一下椅子，「你請坐啊！」

「不打擾了，改天再來吧。」營長向冬嬌姨點點頭，而後緩緩地跨出川東雜貨店的門檻，他的腳步似乎沉重了點，沒有來時的輕盈。

冬嬌姨為營長改好了褲子，請矮仔士官長帶回去，但並沒有收取他的工資，是基於什麼理由，她竟然是一臉的茫然，只感到自己的做法是對的、是正確的，其他的問題似乎沒想過；唯一的，或許是一個俊逸而略帶點憂愁的容貌，令她難以忘懷。於是，她想起了音訊杳然、生死不明的夫婿王川東，她想起了輪調後方的副官，她想起了那個暴風雨夜，阿志手握尖刀，企圖非禮她的那幕情景，如果家裡有一個男人該多好，不僅可撫慰她孤單寂寞的心，又可護衛著她的安全。想起新婚的那一夜，她的身心幾乎被王川東的熱情所軟化，當王川東的手輕輕地碰觸她的身軀，褪下她的衣裳，她把一顆彌足珍貴的處女心，完完整整的呈現在他的面前，被單沾著她初夜的落紅，體內有王川東熱氣騰騰的液體在奔馳，這是她人生歲月的第一次，雖然有些兒懼怕，卻是她最美好的體驗；原以為這段美好的時光永不消逝，殊不知它如江水東流，一去不回頭：：：。

冬嬌姨想著想著，卻想紅了臉，都已經是陳年往事了，怎麼突然間會想起這些呢？或許，能思、能想方有美好的回憶，才能找回褪色的記憶，為自己求取一絲兒安慰；然而空有的幻想猶若雲煙，來得快、去得更快，如果有一天能重溫這個美夢該有多好，該有多愜意，但願有一天能尋回失去的春天和歲月，為自己苦難的一生，增添一些美麗的色彩，只是這個日子，不知何時何日才能到來。

9

冬嬌姨處在一個民風保守的農村，是否有勇氣接受她生命中的第二個春天？還是依舊守著傳統的婦女貞節，忍受寂寞與痛苦的雙重煎熬，讓無情的歲月輾過她燦爛的金色年華，讓風霜雨雪腐蝕她美麗的容顏，而後回歸塵土，回歸自然，回歸到一個古老的原始世界。

矮仔士官長用舊報紙包著一罐軍用豬肉罐頭，這是營長要送給冬嬌姨的，似乎沒有什麼較充分的理由，只因為冬嬌姨幫營長改褲子不收錢，如此地一來一往，也是人之常情，矮仔士官長單純地想著；而營長的思維裡是否也是如此呢？還是別有用心？旁人是難以理解的。和他同時離家從軍報國的伙伴們，有些已深知回家已無望，早已在台灣另立家室，生兒育女，享受天倫之樂，像他這種年輕的頑固份子倒是少見。論軍階、論學歷，他都是前途被看好的中級幹部，當初從家裡帶出來的錢也不在少數，加上每月的薪餉，養一個家絕無問題，只是他的腦海裡，還深深地烙刻著反攻大陸、回老家的夢想，錯失許多成家的機會。今天在這個離家最近的小島上，他思鄉的情愁更濃厚，然而當他碰到像冬嬌姨這麼令人心儀的小婦人時，他平靜的心湖，卻湧起一波波小小的漣漪，他是否會改變心志，拋棄夢想，在這個小島上，尋找他人生旅途上的另一個新家。

「營長也真客氣，」冬嬌姨接過矮仔士官長手中的罐頭，笑著說

：「改一條褲子只不過是二元工錢，這罐豬肉罐頭可是有錢也買不到的。」

「說來也是，」矮仔士官長心有同感地說：「戰備罐頭和乾糧堆滿倉庫，寧願讓它腐蝕、讓它被老鼠啃食，也不能買賣和送人。」

「代我謝謝營長，」冬嬌姨把罐頭放在櫃檯下，而後又說：「改天我用豬肉罐頭炒米粉，請你們吃。」

「真的？」矮仔士官長興奮地問。

「當然是真的，」冬嬌姨正經地說：「就在這個禮拜天晚上好不好？」

「好！」矮仔士官長高興地擊了一下掌，「我代營長先謝了。」

「要是營長不答應呢？」冬嬌姨有點兒憂慮。

「冬嬌姨，妳放心，」矮仔士官長鐵定地說：「他是營長，我是士官長；公事他管我，私事我管他，反正都是『長』。」

「如果營長不來的話，」冬嬌姨提出警告，「吃不完的米粉，你可要負責把它吃完。」

「這點妳放心，我矮子幹不了粗活，就是能吃能喝！」矮仔士官長自我消遣地說。

「能吃能喝？」冬嬌姨疑惑地重複著他的語氣，而後問：「營長喝不喝酒？」

「在老家，他是飽讀詩書的闊少；在軍中，他是治兵嚴謹的領導幹部，人家是品酒而不是喝酒，只有我們這些穿草鞋、打八路的，才懂得喝酒。」

冬嬌姨含笑地點點頭，不再說什麼。

禮拜天那晚，冬嬌姨炒了一大盤米粉，又準備了好幾道菜肴，當然也為矮仔士官長備了一瓶高粱酒，雖然今晚的主客不是他，但矮仔士官長待人誠懇，尤其對阿忠十分照顧，更讓冬嬌姨銘記在心，因此，今晚似乎都是她的客人，沒有什麼主副之分。

六點左右，矮仔士官長陪著營長來了，他們帶來一罐軍用鰻魚罐頭，當做禮物，送給冬嬌姨。

「營長，你也太客氣了，」冬嬌姨接過罐頭，笑容可掬地對著他說：「上次送豬肉罐頭，今天又帶來鰻魚罐，真不知要如何謝你才好。」

「冬嬌姨，一點小意思，妳千萬別客氣。」營長笑著說，卻情不自禁地多看了她一眼。

眼尖的冬嬌姨，隨即報以會心的一笑。雖然歲月曾在她的眼角，銘刻著一條條細細的魚尾紋，但仍然掩飾不住那份成熟的少婦之美。她高佻的身材，豐滿的胴體，甜甜的笑靨，營長的雙目似乎沒有移走的意願，一對水汪汪的大眼，更從他的眼廉滑進他的心底，這是一個美的化身，一個讓他難以忘懷的影像，多年來的尋覓，終於了了他的心願，圓了他的夢想，他是否該掌握住這個機會，還是依然做著回老家的美夢？營長雖然面帶微笑，他的思維卻進入到另一個夢境裡；冬嬌姨此時雖如一個活寡，但她畢竟是一個有夫之婦，他在老家也是一個有妻室的男人，不一樣的時空，相同的命運，是否能引起她的同感和共鳴，是否能在有限的人生歲月，激起一點愛的火花？一切仍是未知數。尤其此刻他身著戎裝，時間由不得自己來支配，行動亦無充分之自由，是一個以服從為天職的革命軍人；而冬嬌姨處在一個民風保守的農村，是否有勇氣接受她生命中的第二個春天？還是依舊守著傳統婦女的貞節、經營川東雜貨店、撫養阿忠成人、忍受寂寞與痛苦的雙重煎熬，讓無情的歲月輾過她燦爛的金色年華，讓無情的風霜雨雪腐蝕她美麗的容顏和身軀，而後回歸塵土，回歸自然，回歸到一個古老的原始世界。

「營長，你請坐。」冬嬌姨悅耳的聲音終於打破營長的沉思。

「謝謝。」營長微微地向她點點頭，輕輕地挪動一下椅子，而後對著矮仔士官長說：「你也坐。」

冬嬌姨含笑地忙進忙出，在這個村落裡，能請營長吃頓飯，的確是一種光榮，況且今天並沒有大魚大肉，只是用他們送的豬肉罐頭炒米粉，煮了一大碗荀片湯，另加一條魚，二道小菜，或許是對了他們的味口，還是革命軍人的肚量較大，竟讓他們吃得津津有味，矮仔士官長口中品酒不喝酒的營長，在冬嬌姨殷勤的款待下，不想喝點也難。

「冬嬌姨，」矮仔士官長抹抹嘴，站了起來，「我已是酒醉飯飽，妳陪營長慢慢吃，我帶阿忠到外面走走。」

「酒還有半瓶，米粉還很多，」冬嬌姨說著，也跟著站起來，「再多吃一點。」

「謝謝妳，真吃不下了。」他說著，牽起阿忠的手，緩緩地移動腳步，逕自往外走。

「營長，」冬嬌姨舉起杯，「今天實在不成敬意，我們隨意喝一口。」

「冬嬌姨，」營長也舉起杯，「坦白說，今天是我從家裡出來後，第一次吃到這麼豐盛的晚餐，妳的隆情盛意，遠勝大魚大肉，讓我有回家的温馨和喜悅，我喝一大口，妳隨意。」興奮的營長，真的喝下好大的一口。

「只要你不嫌棄，就把這兒當成自己的家，」冬嬌姨說著，不知怎麼地，突然感到自己的臉頰有點熱，是說錯話、還是喝了一點酒，抑或什麼都不是？只感到內心有無比的舒暢，「吃多了軍糧，有時換點別的口味也蠻不錯的。」冬嬌姨柔聲地說。

「妳每天要照顧生意，又要照顧小孩，看妳忙得團團轉，實在不好意思來打擾。」營長目視著雙頰微紅的冬嬌姨，極端感性地說。

「瑣碎的事比生意多，可以今天做完，也可以留到明天做；況且孩子也乖巧懂事，不用我操心。」冬嬌姨依然柔聲地說：「營長，我還是老調重彈，只要你有空，只要你不嫌棄，隨時歡迎你的光臨。」

營長目不轉睛地看著她，看她一頭飄逸的長髮，看她一對烏黑明亮的大眼睛，看她挺直的鼻樑、薄薄的雙唇，看她清新秀氣、端莊婉約的姿態，以及用衣裳緊緊地裹住的豐滿胴體。打從家裡出來後，跟著部隊東奔西跑，滿頭滿腦，不是機槍大炮，就是作戰計劃，女人的影像在他心中猶如一泓死水。當然他也曾想過、也曾夢過，那是一個健康男人夢遺後的快感，當他夢醒時，這些幫助他射出體內多餘液體的女人，卻一個個不見了，他的腦裡也永遠不能顯現出這些女人的影像。今天，面對著冬嬌姨這個令他心儀的小婦人，他反常地喝了一點酒，想從酒中品出這個女人的韻味，雖然只是二度的會面和交談，卻有一見如故的感覺，如果這是他的家該有多好，如果能有冬嬌姨這麼嫻淑的家室，該有多麼地甜蜜和幸福，只是此刻，他置身的不是他夢想中的家，而是軍旅途中的一個海島，他遙對的也是一個有夫之婦的小婦人，一切都是不實際的虛幻。

「謝謝妳，冬嬌姨，對這裡我只有嚮往，不會嫌棄。軍人雖然四海為家，但一個溫暖的家庭，對一位常年在外漂泊的革命軍人來說，是多麼地重要呀！」營長感慨地說。

「你有沒有想過要成家？」冬嬌姨問。

「年輕時只想打戰、只想升官、只想快一點反攻大陸回家去，從來沒有想過要在台灣落根；當年紀大、思想成熟時，渴望成家卻不易。」

「或許緣分未到吧，還是你的條件太高？」

「一個有家歸不得的已婚男人，他能有什麼條件？」營長淡淡地說：「如果說有，那是各人對婚姻的觀點不同、看法不一；有些急於成家的老兵，用金錢換取婚姻，有些經人介紹，勉強揍合，如此的婚姻，能得到幸福的又有幾人？」

「你對婚姻的看法如何呢？」

「冬嬌姨，我的想法很單純，我追求的是一顆純潔的心靈，我要的是人生旅途中，能相互扶持、相互依靠的精神伴侶，其他的，聽天由命。」

「聽天由命？」冬嬌姨重複他的話，而後睜大眼睛，看著他激動地說：「我就是聽天由命的犧牲者，讓歲月腐蝕了我的青春。」

「不錯，冬嬌姨，我們都是這個時代的不幸者，戰爭讓人妻離子散，惡劣的國際情勢，阻擋了海外遊子的歸鄉路；斷絕音訊與死亡又有何差別，難道妳從未為自己的將來做打算？」

「就因為聽天由命，所以我活得很辛苦，那談得上有什麼將來？」冬嬌姨由激動轉為柔聲，「營長，你知道，一個孤單的女人獨撐這個家，她所付出的代價要超過常人好幾倍呀！有時想想，實在也不甘心如此地過一生，有時也以聽天由命來安慰自己，竟連一個談心訴苦的知音也難覓，這就是我的人生歲月。」

「冬嬌姨，我打從江南走過江北，從大陸到台灣，又回到這個離家最近的小島上，我能體會到妳此時此刻的心情，在短暫的人生歲月裡，人必須要為自己而活，如果不能悟出這個粗淺的道理，活著還有什麼意義。」

「謝謝你的提醒。」冬嬌姨移動了一下坐姿，「生在這個保守的小農村，想突破傳統的牽絆，的確是很難的。尤其是一個獨身女人，她的一言一行，更必須小心翼翼地，去面對一些風言風語，如果不加謹慎，鐵定是遍體鱗傷。就打一個譬喻吧，今天我單純地請營長和士官長吃頓便飯，原是人之常情，如再經過長舌婦的宣揚，保證是：『不得了了，冬嬌姨在家裡請兵仔喝酒吃飯。』的大新聞。」

「古人說：『人之多言，亦可畏也。』真是一點也不為過。」營長搖搖頭，笑著說。

「坦白說，以前我是較在意的，現在或許是看多了、也聽慣了；反正清者自清，濁者自濁，只要對得起自己的良心，其他的，似乎不必去管它。」冬嬌姨微微地笑著說。

「妳的想法我很贊同，千萬別忘了我們是為自己而活，如果跟那些人一般見識，與他們又有何兩樣。」營長說著，突然端起了酒杯，目視著冬嬌姨，「時候不早了，晚點名也快到了，冬嬌姨，我永遠會記住這頓此生最豐盛、最難忘的晚餐。雖然是第一次閒話家常，但我們一直談得很投緣，就彷彿是多年的老朋友一樣。現在我借酒敬主人，乾下最後一口酒。」營長一口乾下，手中依然握住酒杯，「冬嬌姨，妳隨意喝吧。」

「謝謝你的賞光。」冬嬌姨說著說著，卻也一口飲下剩餘的杯中酒，「營長，我很高興覓得知音，有空的話常來坐坐、聊聊。」

「會不會為妳帶來不必要的困擾？」營長從椅上站起，低聲地問。

「我記住你剛才說過的一句話：『人要為自己而活』，其他的已不重要。」冬嬌姨極端感性地說。

營長含笑地向她點點頭，一個美麗的少婦身影卻不停地在他腦裡盤旋著，剛移動的腳步卻又停下，他猛一抬頭，冬嬌姨關愛的眼神已投射在他眼裡，這不知道是一絲什麼樣的光芒，只感到內心有無比的舒適和快感。回老家已是一個不實際的夢想，生命中的另一個春天是否能來到，如果能在這個離家最近的小島上，尋找到心靈中唯一的伴侶，共築一個温暖的小家庭，那是他夢寐以求的。然而，這個夢能實現嗎？或許，猶如歸鄉路般地迢遥。

10

在人生這條坎坷的大道上，我們是相遇、相知又相惜。或許，有了今晚這場我們生命中最激情的經歷，它將是我們邁向人生另一個旅途的開始。

無情的歲月，總是從人們忙碌的指隙間溜走。

營長英俊挺拔的身軀，優雅誠懇的談吐，以及中年男性的隱健和魅力，已深深地吸引著冬嬌姨。長久地忍受孤單和寂寞，冬嬌姨生命中的春水，已不能像青春時期那麼地澎湃洶湧，她曾經期待著綿綿的春雨，來滋潤她即將乾涸的心田，她曾經打翻黃豆復又撿拾，來排遣內心的空虛和夜晚的寂寞。對川東，她不但絕望，也死了心，說不定川東在番邦，已另娶了番婆，而她還在癡癡地等待，還為他守著一個聖潔的身軀，這是一件多麼不公平的事呀！雖然表哥把阿忠過繼給她，美其名是和她做伴，說白一點，還不是為了要延續王家的香火，或者是用阿忠來牽絆她，深恐她改嫁，深恐她跟人跑了！這是不公平的，這是不公平的！

自從營長的影像闖進了她的心扉以後，冬嬌姨開始有不同的思維和夢想，她渴望一個有男主人的家，她渴望一個像營長那麼誠懇穩健的男人、陪她過一生。然而這只不過是她自己的夢想，還是真有夢想成真的一天？而何方是她的蟄居處，這個島嶼畢竟太小了！營長是否能帶她遠走高飛？而要飛向何方呢？卻又讓她感到茫然。

營長都是選擇適當的時機，光臨川東雜貨店，起初是矮仔士官長陪他一起來，但矮仔士官長是很識趣的，兩、三次後，他不再當電燈泡，也不做跟屁蟲，營長成了獨行俠，因此並沒有引起太多人的注意。尤其是每逢他一到，冬嬌姨都會把他引到置物架後，一間克難的小客廳坐下，泡了一杯他喜歡的香片茶，一方面陪他聊聊天，另一方面從一處沒有隔板的空隙處觀望著店內，顧客上門，她快速地走了出去，客人走了，她又進來；當然，做生意的時間是不會比陪營長的時間長，因此他們無所不談，談得很多、談得很投緣、談得很愉快，只是誰也沒有勇氣先啓口，說出對對方的愛慕情懷。論情論理，冬嬌姨生長在一個窮鄉僻壤，沒有出過遠門，所受的教育也有限，她的思維是較窄小的，又受到傳統道德的束縛，一旦讓村人知道：「冬嬌姨跟營長相好」的情事，不管他們多麼地清白，或是情同手足的兄妹，保證會轟動整個村落，以及封她一個「肖查某」的頭銜，讓冬嬌姨「討客兄」的新聞流傳千古。因而，針對這件事，她想過很多，在沒有得到營長任何承諾的同時，對週遭一切可能發生的事，她總是小心翼翼地來面對，絕不為自己留下一個讓人譏笑的話柄。

營長雖然渴望一個家，但依他此時的身分，許許多多的事，必須受到軍中法規的限制，身為革命軍人，只有服從，沒有個人的自由，與冬嬌姨受限於傳統是沒有兩樣的。尤其他現在所處的，是孤懸在金廈海域的一個小島上，是戰地、也是反攻大陸的跳板，時時刻刻準備與共匪作殊死戰，因而它所訂定的法令規章，比一般軍法還要嚴謹，在戰地是不能結婚的，更不容許一位軍官與鄰近的村婦，發生感情上的糾葛；況且，冬嬌姨又是一位有夫之婦，如此發展下去，將是兩敗俱傷，營長的前途，冬嬌姨的聲譽，都會受到嚴重的影響。然而，感情的進展有時是盲目的，有些人能以理智來控制感情，有些人感情勝過理智，而受過嚴格軍事教育的營長、飽讀詩書的營長、走遍大江南北的營長、曾經結過婚的營長，他是否能以理智來控制感情？還是感情控制不了理智？或許，在戰場上，他是一流的指揮官，在部隊是稱職的營長，而在一位心儀中的少婦面前，想說的話、他說不出口，想做的事、沒有勇氣，他像極了一隻懦弱的菜鳥，內心隱藏著難以忍受的苦痛和酸楚。

冬嬌姨的生日是在秋節前夕，虎母快仔在世時，每當這個日子到來，都會特別煮一碗麵線、一個蛋為她慶祝一番，自從虎母快仔過世後，冬嬌姨似乎把這個日子也忘了，從沒再為這個日子費周章。今年的生日，她突然想到要請營長一起過，自己的內心說不出是基於那一個理由，也刻意地不去計算她今年已經幾歲，就過一個迷迷糊糊的生日吧。

那晚秋月皎潔，微風徐徐，營長依約前來，但冬嬌姨並沒有告訴他今天是她的生日，只見冬嬌姨早早就把店門關上，在廚房又煎又炒地忙得團團轉，營長則陪著阿忠，坐在那張他常坐的椅子上，為他講著一個傳奇的民間的故事。

「阿忠，快請營長伯伯來吃麵囉！」冬嬌姨手端著一盤熱騰騰的炒麵，高聲地說著。

三人圍著一張小餐桌，冬嬌姨也取來上次未飲完的高粱酒，似乎有意和營長對酌一番。當然營長也是有備而來的，他已告訴副營長，晚點名由他主持，同時也向值日的作戰官打了招呼，如果有緊急的公事，叫傳令來通知一聲，如果沒有其他事，他會在十點戒嚴前回營部，副營長和作戰官豈敢問原委，只有立正站好答「是」；營長心想，這是一個難得陪她們母子吃飯的機會，他要讓這頓飯吃得輕鬆，不要受到任何事情的干擾，不要有任何心裡上的壓力。

「冬嬌姨，」營長巡了一下桌上的菜餚，含笑地說：「今天是不是有人生日啊？看妳炒麵又煮蛋，煎魚又燉肉，備了那麼多菜。」

「沒有人生日啦，」冬嬌姨順手移動了一下盤子，笑著說：「如果說有，那我們三個人都是壽星，是一個家庭式的慶生會。」

「妳的譬喻很好，我們同吃壽麵，也同吃壽蛋，三人同時慶生。」營長說後，接過冬嬌姨為他斟的酒，順手高舉，「冬嬌姨，辛苦了，如果我沒猜錯，或許今天真的是妳的生日，能成為妳的座上賓，是我此生最大的榮耀，祝妳生日快樂！」營長輕嚐了一口酒。

「謝謝你，營長。」冬嬌姨也輕嚐了一小口，「聽到你的祝福聲，就彷彿真的是我的生日；我收下你的祝福，但也同時祝福你！是誰的生日倒是其次。」

「在我的想像中，一般鄉下婦女都是不善於言辭的，想不到妳的談吐竟是那麼地幽默和文雅。」營長由衷地說。

「你當我是土包子？」冬嬌姨笑著，順手拿起營長面前的碗，為他挾了一碗麵，「先吃麵吧，免得待會兒涼了。」而後也為阿忠挾了小半碗。

「冬嬌姨，妳誤會了，」營長接過麵，含笑地看著她，「喜歡都來不及了，我怎敢把妳當成土包子。」

「講點良心話，」冬嬌姨挾起一大口麵，放在自己的碗中，「你是喜歡吃我炒的麵，還是喜歡聽我說的話？」

「兩樣都喜歡，」營長果斷地說：「我講的都是良心話，而且喜歡的何止這些。」

「謝謝你的良心話，」冬嬌姨舉起杯，「我們隨意喝一口吧。」

他們時而淺嚐、時而隨意、時而盡興、時而高談闊論、時而談些孩子聽不懂的大人話。終於，孩子吃飽了，他也不願坐在大人身旁聽些無聊話，自個兒地先行離開，冬嬌姨並沒有加以過問，似乎孩子已能自已料理一切，洗腳、睡覺都不必冬嬌姨來操心，往往當冬嬌姨打烊回房時，孩子早已在她隔壁的小房間裡，睡得很香很甜，想叫他起來便溺，都要呼喊老半天。

營長平時很少喝酒，冬嬌姨喝酒的機會也是少之又少，但他的酒量是勝過冬嬌姨的。營長黝黑的臉並看不出有飲後的酒紅，而冬嬌姨的雙頰，像似印著兩朵燦爛的紅玫瑰，更顯現出她的艷麗，微量的酒似乎也能加速她血液的循環，增加她的肺活量。營長的雙眼一直停留在冬嬌姨上下起伏的胸前，雖然她用衣服緊緊地包裹著，但那誘人的少婦胴體，卻深深地激動著營長的心靈，於是他生理上有一股強烈的反應，當冬嬌姨站起身，他的眼睛卻滑落在她的小腹上，而在冬嬌姨轉身的那一刻，他的眼珠卻在冬嬌姨渾圓微翹的臀部上打轉，營長雖然為自己訂下一個較嚴謹的道德標準，但他是人，是一個正常健康的男子漢，他亦有七情六慾，當他面對冬嬌姨這個美麗的小婦人時，從他腦中掠過的是一股強烈的佔有慾，以及一幕一幕，男歡女愛的激情影像。

「你坐一會，我幫你沖杯熱茶。」冬嬌姨站起身，移動了一下腳步。

「不，」營長快速地走到她身旁，右手摟住她的腰，左手輕搭在她的肩上，復而一使力，竟把冬嬌姨緊緊地摟在懷裡，並俯在她的耳旁，輕聲地、柔情地喚著：「冬嬌姨，冬嬌姨：：：。」

冬嬌姨並沒有掙扎和反抗，內心似乎也沒有一絲兒罪惡感，她接受營長的唇在她耳後輕輕地吻著，她接受營長的手在她身上輕輕地撫摸著，她的心剛開始時跳得有些快速，然而當營長托起她的下巴和她深吻的時候，她卻以一顆極其平靜的心來迎接他。和營長一樣，她也是一個正常健康的女人，她需要愛，她需要愛來滋潤一塊即將乾涸的心田，她忍受著一個女人難以忍受的寂寞。

營長的手已從她的背部游移到她的胸前，正用他的拇指和食指，輕輕地揉搓著她飽滿的乳房，冬嬌姨忍不住了，冬嬌姨再也忍不住了，想想十餘年來的守身、潔身，或許要被營長熱情的功力所破解，猶如乾柴遇見烈火般地，將會快速地燃燒。

想起和王川東新婚的那一夜，當男人那話兒挺進她體內時，她體會到痛苦過後的歡愉，當王川東在她體內射出第一滴精液的同時，她更是如癡如醉地，享受人生歲月裡，最令她難以忘懷的一刻。然而這些回憶似乎已從她的記憶中失去，而當營長扶著她進入她的臥房時，她微閉著眼睛，靜靜地躺在那張曾經讓她消魂的雙人床上。營長輕輕地，慢慢地解開她的衣鈕，柔情地，深情地吻著她白皙的肌膚，她已不能忍受營長火熱的舌尖在她的乳頭上蠕動，她把營長的臉按在難忍的乳房上，營長卻不停地搖晃著頭，用他的唇磨擦著她高挺的乳房，她難忍地微動著身軀，營長順勢拉動著她的褲子，就在緊要關頭的剎那，突然，冬嬌姨猛力地把營長推開。

「不，營長，我們不能。」一股無名的罪惡感，霎時侵蝕著冬嬌姨的心靈，她快速地把褲子拉上，坐起身，整好衣服。

「冬嬌姨，我愛妳，為什麼不能？為什麼不能？」營長激動地晃著她的雙臂。

「小聲點，」冬嬌姨用食指在唇上比劃了一下，「孩子就睡在隔壁，別吵醒他。」而後用手輕輕地撫著營長的臉頰，「忍耐點，現在還不是時候。」

「或許，妳是比較理智的。」營長深深地吸了一口氣，而後緩緩地吐出來，「冬嬌姨，請原諒，我實在太衝動了：：：」

「不，你沒有衝動。」冬嬌姨搶著說：「在人生這條坎坷的大道上，我們是相遇、相知又相惜。或許，有了今晚這場我們生命中最激情的經歷，它將是我們邁向人生另一個旅途的開始。說真的，我已等了無數個年頭，忍受過生命中最痛苦的煎熬，自信對得起王家供桌上的列祖列宗。自從認識你後，我開始思考，最後的答案是：我不能把有限的青春，浪費在沒有結果的等待上；因此，在我生日的這個良辰裡，我接受你的祝福和深吻，我也曾經想過，要把自己這幾年來，未曾讓第二個男人碰觸過的身子給予你，但我只給予你一半，另一半不該在現在，而是將來。」

「是的，冬嬌姨，」營長柔聲地說：「我們不必急於此時、急於此刻，往後的日子還長呢。坦白說，反攻大陸回老家的美夢，在我內心裡早已破碎，能在異鄉碰到一個自己心儀的女子，的確是蒙受祖先的庇蔭。剛才雖然是衝動了點，但我心想，絕對會為自己的行為負起百分之百的責任。自從離家後，我和妳沒有兩樣，未曾和其他女人接觸過，未曾到過風花場所尋求某一方面的解脫。今天我很高興，在我們相識、相知的此時，妳竟那麼慷慨地，給予我那麼甜蜜的一半，我會永永遠遠地銘記在心頭；當然，也期盼有一天，妳能實踐諾言，給予我另外的一半。」

「營長，我的心志永遠不會改變，我的諾言絕對會讓你兑現，除非王川東能在我尚未離開這個家的時侯回來，除非你現在就反攻大陸回家去，只因為我們已不再是一個心智未成熟的孩子，而是曾經擁有甜蜜婚姻、幸福歲月的成年人，沒有結果的等待不是甜蜜的，而是苦澀和酸楚的！」

「妳的觀點很正確，對人生的看法和人性的分析也有獨到的見解，我常年在軍中，所學的僅是一些口號和理論，冬嬌姨，我擁有妳這位心地善良、處事圓融、面面俱到的知己，感到驕傲。今天，我們用深厚的感情做基礎；明天，我們同心協力，創造一個幸福美滿的新家園。」

營長說完後，他們相繼地站起來，兩人輕輕地擁抱在一起，剛才的激情，已化成此時的柔情，冬嬌姨的手環在營長的腰際，微弱的燈光，映照在她美麗的臉龐，營長低下頭，輕輕地托起她的下巴，情不自禁起在她的額上、頰上、唇上深情地吻著、吻著……。

11

在戰地又有那一位軍人膽敢抗命、膽敢說一句牢騷話、膽敢對自己的職務不滿意，如果說有這號人物，鐵定他是吃了熊心豹子膽，不怕軍法大刑伺候的瘋子。

突然地，營長被調職了，離開這個他永遠不能忘懷的小村落，到師部當參謀。師部離此很遠，它座落在一個半山腰的坑道裡，如果步行，或許要一個多鐘頭，它必須經過一片茂密的叢林，穿過蜿蜒的小路，然後抄著塵土飛揚的大馬路，再往山上走。

營長的調職，很多人都感到訝異，因為他治兵嚴謹，學經歷豐富，在多種比賽和對抗都是營級第一，無論帶兵、訓練或管理，從無任何差錯，可說是未來副團長的熱門人選，而此刻他任期未滿，又不是高陞，就這麼無緣無故地被調走，讓人感到婉惜。然而在軍中，服從命令是最基本的守則，一切職務輪不到自己來安排，在戰地又有那一位軍人膽敢抗命、膽敢說一句牢騷話、膽敢對自己的職務不滿意，如果說有這號人物，鐵定他是吃了熊心豹子膽，不怕軍法大刑伺候的瘋子。

營長是一位奉公守法的中級軍官，對自己突然被調職，表面上雖然沒有什麼不滿的怨言，但內心裡，似乎百感交集，其中必定有什麼原因和蹊蹺，但他並沒有刻意地去打聽、去查詢原委，他相信有一天會水落石出的；唯一讓他牽掛的是與冬嬌姨日漸成長的感情，不知會不會受到他調職的影響，這也是他一直感到憂心的，其他的事他一點也不在意，尤其是身為革命軍人，不管擔任任何職務，同樣是替國家做事，同樣是報效國家，況且參謀只是辦辦業務，沒有當主官的壓力大，他也可以趁機放鬆心情，休息休息，沒事時，站在坑道口的巨石上，看看一水之隔的故國河山，想想心儀中的冬嬌姨，這是一樁多麼美的事啊！

那天中午新舊營長交接過後，新營長另有要事又趕回老單位，廚房加了好幾道菜，為老營長餞行，一年多的相處，他們之間已培養出一份深厚的革命情感，況且，老營長待他們不薄，矮仔士官長蒙受他的照顧更多，因此，他自掏腰包，買了一瓶特級高粱酒，為這頓午餐，增添了更濃郁的離別色彩。

營長跟平常沒有兩樣，對部屬只有鼓勵和關懷，他不喜歡嘮叨，不喜歡講一堆沒有必要的廢話。而此時，他似乎更沉默，更沒有話說了；或許，大家都能體會到他低落的心情，只頻頻地以酒來向老長官表達敬意，讓這頓飯吃來倍加沉悶。

「保防官，」副營長對著一位面孔冷冷的軍官說：「大家都是老鄉嘛：：：。」他只把話說到一半，卻不再說下去，裡面隱藏著什麼，的確是有人清楚，有人不瞭解。

「來吧，」營指導員端起杯，「我們一起敬敬營長。」

大夥兒都把杯子舉得高高的，惟有保防官除外，營長見狀，並沒有異常的反應，只淡淡地說：「一起來吧，保防官。」

「謝謝營長。」保防官舉起杯，二話不說，一口氣把杯裡的酒全乾了，而後站了起來，對著營長說：「報告營長，你慢吃，我接值星去了。」說完，向營長敬了一個舉手禮，逕行離開。

營長看了一下腕錶，一點還不到接值星？他只微微地點點頭，其他人卻以一絲鄙夷的目光看著他離去。保防官的冷面、奸詐和不合群，營部的弟兄沒人不知、無人不曉，然而此次營長任期未滿被調職，是否與他有關呢？是否他打的小報告？是否有什麼不法的情事落在他的手中？

「丟他老母嗨，」保防官走後，作戰官卻罵了起來，「這個小人，這個王八蛋！報告營長，你會被調職，就是保防官這個龜孫子打的小報告。」

「不要亂講，不要亂講。」營長連忙搖著手說：「或許我的能力和操守是有缺陷的，上級才會把我調走，這與任何人毫無關連。」

「營長：：：」作戰官又想補充什麼。

「好了，」營長微微地笑著，而後端起杯，「來、來、來，我們喝酒，以後如果有事到師部，不要忘了到參三找我。」營長一口乾下，「你們都是我的好弟兄！」營長雖然喝了一點酒，但他並沒有喝醉，他的神智依然是那麼地清醒，精神依然是那麼地飽滿，沒有一絲兒酒後的疲憊，他由矮仔士官長陪伴著，走進川東雜貨店。

「沒午睡啊？」冬嬌姨看著他倆，神情愉快地說：「裡面坐，我給你們泡茶。」營長走了進去，在冬嬌姨刻意地為他準備的老地方坐下，矮仔士官長並沒有跟進，自個兒在店裡，東張西望地看著置物架上的貨品。

「裡面坐啊，士官長。」冬嬌姨端著兩杯茶，笑咪咪地遞給他一杯說。

「冬嬌姨，妳不必客氣，我在這裡站站，隨便看看。」矮仔士官長接過茶，禮貌地說。

「中午喝酒啦？」冬嬌姨走了進去，把茶遞給營長，仔細地打量了他一番說。

「廚房加了點菜，士官長弄來一瓶酒，大夥兒喝了點。」營長解釋著說。

「依我的判斷，何止一點。」冬嬌姨深情地看著他說：「記住，白天還要辦公，以後要少喝點。」

「我會的，今天是例外。」營長苦澀地一笑，淡淡地說：「我調差了。」

「調差？」冬嬌姨訝異地說：「怎麼沒聽你說過，調到那裡？」

「臨時通知的，」營長喝了一口茶，微嘆了一口氣說：「師部，參三。」

「什麼時候去報到？」冬嬌姨關心地問。

「下午。」營長簡潔地答。

「軍人嘛，調到那裡都一樣，」冬嬌姨看著他，看他那一臉的落

寞和無奈，一點也沒有革命軍人的氣慨，倒像是一個打敗仗的老兵，

「總不能一輩子當營長。」冬嬌姨安慰他說。

「這一調，離妳更遠了。」

「人與人的距離是遠了一點，但心與心會更貼近。」

「或許是吧。」營長幽幽地說。

然而，營長所牽掛似乎不是這些，而是如何去查明調職的原委，果真如作戰官所言，是保防官打的小報告？或是長官聽信了讒言？但繼而地一想，調職已是既定的事實，雖然心中有一股憤怒的怨氣難消，如果把時間浪費在這些議題上，對一位沙場老兵來說，似乎沒有什麼特殊的意義。因此，他決定不去計較這些，對自己的前途，對自己是否能在軍中繼續發展，他將以一顆平常心來面對，他自信對得起國家，對得起領袖，對得起一路拉拔的長官和朋友。他是陸官的正期生，他從排、連、營長一路走過來，學經歷完整，嘉獎、記功無數，得

過好幾座勳章，並沒有犯下什麼大過錯，如果僅是一點雞毛蒜皮小事，把他調離，他是不服氣的；然而，身在軍中，凡事能不服氣嗎？能有不服氣的權利嗎？他已渡過一段很長的軍旅生涯，對於它的內規，可說是清清楚楚、一目瞭然，此刻竟有如此的思維和想法，自己感到幼稚！

營長喝了一口茶，嘆了一口氣，伸展了一下筋骨，而後緩緩地站起。他含笑地看著冬嬌姨，眼前盡是一個美的化身，他好想一把把她摟進自己的懷裡，然後深深地吻著她，慢慢地吮吸著一粒火紅的小豆豆，就彷彿那夜，彷彿冬嬌姨生日的那一個纏綿的夜晚，讓他陶醉在一個神仙般的夢境裡。

「冬嬌姨，擰一條毛巾給我好嗎？」營長聲音低低地說：「我想擦把臉。」

冬嬌姨快速地轉身又回來，遞給他一條微黃的舊毛巾，營長攤開後，猛力地在他那張古銅色的臉上擦拭著，一遍遍地翻轉，一遍遍地擦拭，只因為這條老舊的毛巾裡，有冬嬌姨的粉香。

「我走了，」營長把毛巾遞還給她，「我已交待過士官長，有空他會常來看你們，如果有急事，就請他打電話給我。」

「什麼時候來？」冬嬌姨深情地問。

「等業務進入狀況再說吧。」營長說著，緩緩地移動著腳步。

冬嬌姨目送他們離去，並沒有立即回到店內，她無神而落寞地凝視著遠方，她舉頭仰望一簇簇的白雲從她頭上掠過，它們是多麼逍遥自在地，在天空中遊盪；而她卻像一隻籠中鳥，在這方窄小的天地渡過無數的日夜晨昏，何時何日始能獲得自由身，離開這個陰暗的地方，展翅飛向白雲處，尋找生命中的另一個春天。

12

我既不是匪諜，又不是共產黨的同路人，被你們查到的又不是機槍大砲和彈藥，我就不相信沒有王法，爲了一罐魚罐頭，會殺了我的頭！

「冬嬌姨、冬嬌姨！」一陣激烈的敲門聲過後，接著是鄰長樹叔仔的喊叫聲，「快開門啊，查户口啦！」

查户口，冬嬌姨心裡一怔，趕緊起床穿衣，當她開了門，卻發覺與以往的查户口不同，以前只有鄰長、村指導員，配合軍方的一位軍官，二位荷槍的士兵，今天卻多了二位武裝憲兵，以及一位憲兵官。

冬嬌姨並不感到懼怕，一年總會查上好幾次户口，她家的人口單純，只有她和阿忠兩人，既沒有窩藏犯人，也沒有販賣違禁品，他們要怎麼查、怎麼搜，就由他們吧。然而這一次，的確與已往不同，除了核對户口名簿外，憲兵更是翻箱倒櫃地又搜又查，搜遍了房內的每一個地方、每一個角落，竟連床下也打著手電筒猛照，竟連鍋蓋也掀起來看看，這是一幅多麼恐怖的景象呀！冬嬌姨的心裡開始有強烈的反感，然而，再怎麼地反感，也敵不過這些荷槍「握權」的「革命」

軍人。

終於，他們在櫃檯下，搜到了一罐用舊報紙包起來的軍用鰻魚罐頭，這是上一次營長和矮仔士長帶來的，她一直捨不得把它吃了，然而，不捨有時卻是麻煩的製造者，憲兵官把罐頭往桌上一放，攤開公事夾，取出紙和筆，荷槍的憲兵，刺刀朝下，站在冬嬌姨的背後，其他人把她圍成一團，像似在審判犯人般地讓人心寒。

「這罐軍用魚罐頭，怎麼來的？」憲兵官露出一副猙獰的面孔疾聲地問。

「人家送的。」冬嬌姨細心地回答。

「誰送的？」憲兵官又問。

「時間久了，記不清楚。」

「胡說！」憲兵官把罐頭放在她的面前，依然疾聲地，「這罐鰻魚罐頭明明是新品，為什麼說記不清楚？難道妳不知道收藏、買賣軍用品，都是犯法的行為？」

「我成天忙東忙西的，哪有時間記這些。」冬嬌姨不悅地，為自己辯解著說：「一個鄉下婦人，她怎麼知道一罐小小的罐頭也會犯法，如果知道會犯法，早就把它吃了！」

「不要強辯，不要說理由，再不說實話就把妳關起來！」憲兵官威脅著說。

「我說的都是實話。」冬嬌姨心想，絕不能與這些狗官鬥，也不能說實話來陷害營長，因而她擺低了姿態，柔聲地說。

「胡扯！」憲兵官氣憤地，告訴身旁的武裝憲兵說：「把她押回憲兵隊！」

「不要押，我跟你們走！」冬嬌姨再也忍不下這口氣，突然高聲地說：「我既不是匪諜，又不是共產黨的同路人，被你們查到的又不是機槍大砲和彈藥，我就不相信沒有王法，為了一罐魚罐頭，會殺了我的頭！」

旁邊的人都看傻了眼，村指導員和鄉長，不知配合軍方查過多少次户口，就從未遇見過類似情事，更未曾見過一位婦道人家，不做順民，膽敢與憲兵官頂嘴，她會吃虧的，她鐵定要吃虧的，他們都不約而同地想著。然而，經過冬嬌姨的咆哮，原先理直氣壯要押人的憲兵官，此刻卻軟化了下來，一罐魚罐頭就要把人押回憲兵隊，的確是有點小題大作，果真押了回去又能把她怎麼樣，況且，軍民同處在這個小島上，都有一份水乳交融的感情，剩餘的軍糧，有些單位還不是偷偷地把它賣給民間，用這筆錢做為月底的加菜金，只是大家睜一眼、閉一眼，不要出事就好；但今天的情況似乎不一樣，冬嬌姨私藏的軍用罐頭是被查到的，雖然只有一罐，卻是犯法的。

「指導員，」憲兵官轉而對著村指導員說：「這罐罐頭依法查扣，人犯由村公所自行處理。」

「是，是。」村指導員立正站好，表情嚴肅地回答，繼而轉向冬嬌姨，「妳明天到村公所一趟。」

冬嬌姨看也不看他一眼，目視這些人走後，她用力地關上房門，心裡也非常懊惱，為什麼不早把這罐鰻魚罐頭吃掉，不捨有時是禍而不是福，幸好沒有波及任何人，明天到村公所，她的說辭會與剛才一樣，如果他們想追根究底，她將以：「上一個部隊的一位班長送的。」做為藉口，他們信也好，不信也罷，反正她想回應的，只有這句話。

第二天一大早，她主動到村公所報到，村長是沒有實權的，所有的狗屁事，都由指導員和一位村幹事負責辦理。

「冬嬌姨，妳請坐。」北貢退伍的指導員，用一副色瞇瞇的眼睛看著她說。冬嬌姨坐在一張靠背椅上，村指導員卻嬉皮笑臉地踱著小步。

「其實這並不是一件什麼大不了的事，」突然，村指導員走到她的背後，輕輕地拍著她的肩，輕浮地說：「只要妳冬嬌姨聽我的話，保證讓妳沒事。」

冬嬌姨依然坐著，並沒有回應他的話。

「妳那個王川東，一走就是好幾年，何苦還替他守這個活寡，倒不如找個男人嫁了。」村指導員說著、說著，東張張、西望望，眼看四處無人，竟把手伸到冬嬌姨的胸前，摸了她一把。

「下賤！」冬嬌姨火冒三丈地從椅上站起，一個重重的耳光清脆地響在村指導員的頰上，而後尖聲地說：「你不要以為我這個女人好欺負，我要嫁人也不要你來管，你下賤！你不要臉！」

「算我不對，算我不對，就算我不對！」村指導員搖著手，點頭又鞠躬，低聲下氣地說：「冬嬌姨，拜托妳，不要那麼大聲叫，讓人聽見難為情啊。」

「你這個不要臉的男人，你這個畜生，還怕難為情？」冬嬌姨依然大聲地說著。村指導員想也想不到會碰到這樣的潑婦，原以為這個活寡婦，很久沒有和男人相好了，很快就能把她勾引到手，今天又是一個不可多得的良機，只要她願意，他的床鋪就在裡面，隨時可以陪著她上床呀！現在不但上不了床，如果冬嬌姨不放過他，把這種事宣揚出去，那是多麼地丟人現眼啊，如不幸讓上級知道，準被開除，村指導員開始憂心了。

「你調戲良家婦女，我要告你！」冬嬌姨依然怒氣未消，或許她的警告產生了效果。聽到冬嬌姨要告他，村指導員的臉色有些蒼白，手腳也抖了起來，此刻如果冬嬌姨願意陪他上床，諒必他也只是一隻軟腳蝦，發揮不了任何功能。

「冬嬌姨，千萬不能這麼做，」村指導員雙手作揖，聲音顫抖，「要我下跪，要我叩頭都可以，千萬不能這麼做！」

「堂堂男子漢，敢做要敢當！」冬嬌姨說完，「呸！」地一聲，在他面前，吐了一抹口水，而後轉身就走。

走出村公所，冬嬌姨的心情很惡劣，昨晚剛碰到鬼，今早卻遇見色魔，這種苦日子，不知還要捱多久，如果家有男人，什麼事都不會發生在她身上。每當想起這些不如意的事，冬嬌姨的內心只有恨；恨王川東這個沒有良心的查脯郎，恨自己是一個歹命的查某人，也因此，她對人生的看法有很大的改變，她不想獨守這個沒有男人的家，她不在意村人對她的評價和看法，她要為自己的存在而活。於是，她想起剛調離這個村落的營長，她相信營長是愛她的，當然她也對他有意，只因為他們同是這個時代的創傷者，一對歷盡淒風苦雨的同林鳥，他們將為重組一個家而努力，她的心也會從王川東的身影移轉到營長的身上，陪著營長共眠枕，相親相愛到白頭，但願他們置身的，不是一個虛幻的夢境，而是人生歲月，真實又能兌現的美夢。

營長的調職，冬嬌姨家被搜查，這兩件事是否有所關連，村人不但議論紛紛，而且還加油添醋。有人說：營長派人扛了一箱罐頭、揹了一包米送給冬嬌姨。有人說：不止這些，還有麵粉和口糧。有人說：營長在晚上戒嚴宵禁時，帶著「通行證」，偷蹓出來和冬嬌姨睡覺。有人說：冬嬌姨「凍未條」啦。有人說：冬嬌姨「討客兄」。許許多多的「有人說」，也正式醜化了冬嬌姨美好的形象，但冬嬌姨並不計毀譽，也不理會村人的批評，最大的願望是能夠跳離傳統的束縛，重新找回失去的春天，與她相愛的營長廝守終生。然而幸福的追求，總是要付出痛苦的代價，人世間沒有不勞而獲的物品，亦無廉價的愛情，冬嬌姨從風雨中一路走過來，她當然知道這些粗淺的道理，只是不知道要如何來面對、一波未平又一波的突發事件。為了一罐鰻魚罐頭，憲兵官要押她，村指導員要佔她的便宜、吃她的豆腐，這些非常時期體制下的敗類，錯估了她，今生今世她的身軀，除了王川東以外，唯一能讓她無怨無悔、犧牲奉獻的只有營長一個人。雖然營長的年紀大了一點，但他的身體狀況一直很好，那晚他所展現的，更是一股傲人的男子雄風，但美好的時辰未到，只讓他興奮地在她體外徘徊，絕不能讓他越雷池一步，儘管如此，她依然能體會到相擁時的快感，依然能感受到一具無名而堅硬的肉體在蠕動，這也是一個健康男人生理上的自然反應，何況她也是一個健康的女人，當然想擁有它，更想把它深深地植入自己的體內，以她的春水來滋潤他那株乾旱的林木，讓他重獲生之喜悅和樂趣，共同體會兩性激情過後的歡怡，如果能懷下一男半女，讓她真正嚐到為人母的甜蜜滋味，不知該有多好、多美，這也是她夢寐以求的，但願他們能在有限的人生歲月裡，揚起生命之帆，共同努力，向前航行，航向一個幸福美滿的港灣……。

13

有希望的等待是美的，黑夜絕對不會在人間停留太久，我們追求的是心靈中永恆的伴侶；千萬別忘了，我們要爲未來的幸福堅持到底、奮鬥到底！

冬嬌姨並沒有因「罐頭」事件被移送法辦，村指導員也不敢再傳喚她，這椿本來就是嚇唬老百姓的小事，也就不了了之。或許憲兵官所接獲的情報是錯誤的，上級交辦的檢舉事項也與事實有很大的出入，原以為能在冬嬌姨家搜查到很多軍用品，就像外面的傳言一樣，營長送她一箱罐頭，還有大米和口糧，一旦讓他搜查到，「記功」或「嘉獎」絕對跑不掉，對他的升遷、佔缺，絕對有加分的作用，萬萬沒想到，只搜到一罐不痛不癢的魚罐頭，又遇到一個嚇唬不了的潑婦，也逼不出那位送罐頭的人，這場勞師動眾的大搜查，的確讓他感到難堪，更難以向長官交待。當然，如以憲兵官的權責，隨便找一個理由，依然可以再到川東雜貨店搜查，冬嬌姨膽敢不接受，不關進「軍事看守所」才怪，而且憲兵官也撂下狠話，要冬嬌姨小心，不然的話，隨時會倒大楣。冬嬌姨心想，經過這場風暴，她會更小心的，往後如果有人送罐頭，她會和孩子一起分享，很快的把它吃進肚裡，免得橫生事端，只是營長已調了參謀，由主官變成幕僚，想帶一罐罐頭，也非易事。

坦白說，這場風暴最大的傷害者是營長，還要半年的時間，才算幹完營長的資歷，而今天卻莫名其妙地被調職，雖然自己的內心很坦然，但如果有機會幹幹副團長也是不錯的；然而這個機會似乎已離他愈來愈遠，於是他不再寄望於茫茫的前途，只要冬嬌姨願意和他生活在一起，他一定要設法申請退伍，對軍中這個革命的大家庭，絕不留戀。他將拿出畢生所有的儲蓄，和冬嬌姨組織一個甜蜜幸福的家園，從此，不再流浪、不再漂泊，過著與世無爭的神仙生活。

自從調到師部後，營長第一次來到川東雜貨店，冬嬌姨的雙眼閃爍著一絲興奮淚光，喜悅的形色，也同時展露在她紅潤的臉龐。

「冬嬌姨，」營長久久地凝視著她，而後說：「好久不見了。」

「營長，」冬嬌姨的雙眼依然閃爍著淚光，營長帶磁的聲音，緊緊地扣住她的心弦，「我們真的是好久不見了。」

他們沒有久別重逢時的熱情擁抱，也沒有用肉麻的言詞來表達思念的情懷，二句簡單的家常話，卻代表著二顆誠摯的心、二顆彼此愛慕的心、二顆在不久的將來，將要熔化成一體的心。

此刻的營長，他是光明磊落地進入川東雜貨店，已不必躲躲閃閃，也不再理會那些異樣的眼光，他的心已進入到冬嬌姨的心靈世界，只要她喜歡、只要他們兩情相悅，又有什麼不可以的呢。因而，當他目睹冬嬌姨正為生意忙碌時，他逕行入內，為自己沖了一杯茶，坐在那張他常坐的椅子上，儼若是這個家族中的成員，他要坐在距離冬嬌姨最近的地方等待，以前是有目的沒有希望的等待，而此刻卻是他此生最美的等待，因為有了希望，也有了一個即將成真的美夢，一旦希望和夢想逐一實現，冬嬌姨將是他此生最好的伴侶，又何必等待反攻大陸回老家，又何必做著沒有希望的夢。人生在世，只不過是幾十年的光景，褪色的青春很快就會在他的鬢邊，抹上一片銀白的色彩，難道要在生命中最燦爛的金色年華裡，留下一片空白，讓無情的歲月腐蝕著他的身軀，而後回歸塵土。

冬嬌姨忙進忙出，恨不得現在就打烊，好陪營長聊聊天，然而生活是現實的，人也必須有原則，做什麼總要像什麼，才能在這個小島上生存、立足，尤其是一個守著活寡的女人，她面對的是險惡的人心和獸性，時時刻刻都必須接受挑戰，如果沒有堅強的毅力，隨時都會被擊倒。

臨近午時，來往的客人少了，冬嬌姨趕緊下廚，她要為營長準備一頓豐盛的午餐，她要讓營長體會出家的溫暖，她要讓營長知道，她是一位稱職的家庭主婦。然而，營長並不是一位大男人主義者，他跟著冬嬌姨進廚房，幫忙剝蔥又洗菜，一個甜蜜幸福的家，並非由一個人獨撐，而是雙方同心合力的結晶品，這個彌足珍貴的畫面，卻是第一次呈現在他們面前。

「阿忠呢？」當冬嬌姨為營長盛飯時，營長關心地問。

「士官長帶他出去了，可能又會在營部吃飯。」冬嬌姨笑著說：「你要不要喝點酒？」

「不啦，下午還有事。」營長低聲地說：「當參謀雖然沒有當營長的壓力大，但業務很多，有時很煩。」他頓了一下，而後又說：「今天如果不抽空來看看妳，不知道又要延到什麼時候，聽說憲兵官帶隊來查戶口，妳沒事吧？」

「你上次帶來的那罐魚罐頭，一直捨不得吃，卻讓他們查扣了，但我並沒有供出是誰送的。」冬嬌姨解釋著說。

「這是一個不一樣的年代，打的是自由民主的口號，鬥爭的手法卻與共產黨沒什麼兩樣。」營長有些兒氣憤地說。

「吃飯吧，我們不談這些。」冬嬌姨安慰他說：「事情已經過去了，也沒有事了，尤其你身在軍中，千萬不要輕易地提起『共產黨』這三個字，那會有麻煩的。」

「說來也是，有時禍從口出而不自知。」營長似乎也感到自己失言了，「這一次妳被搜查，或許真與我有關；有人密告我把戰備罐頭，整箱整箱扛到妳家，還有戰備米麵和口糧，這也是他們來搜查的原因和動機。」

「你被調職，是不是與這件事有關？」冬嬌姨急促地問。

「有一天他們會還我公道的。」營長有點兒激動，但刹那間又恢復了平靜，「坦白說，冬嬌姨，如果能幸運地成一個家，我寧願退伍，『營長』這個頭銜對我來說，不會比家重要。」營長說後，伸手挾了菜，吃下好大的一口飯。

「或許，我們都渴望一個幸福美滿的家，」冬嬌姨嘴中輕輕地嚼著飯，而後幽幽地說：「但凡事並非如我們想像的那麼容易。」

「怎麼說呢？」營長不解地問。

「首先我們面對的是彼此的身分問題，你是現役軍人，結婚要先報准，我的配偶欄裡記載的是王川東，雖然他現在生死不明，但在沒有取得任何文件，來證明他的生死存活時，在法律上我們依然是夫妻；試想，一位現役軍官與一個有夫之婦結婚，是法所不容的。況且，我們想要的是一個合法的家，我們所要追求的，必然也是一個有名有實的夫妻關係。如果沒有『合法』二字做根基，勉勉強強湊合在一起，這個家對我們來說，並沒有什麼意義。」

「冬嬌姨，我真的是大米吃多了，成了飯桶，」營長放下碗，微微地笑著說：「妳的思慮很週到，真讓我自嘆弗如啊！」

「問題還不止這些呢，」冬嬌姨也放下了碗，繼續地說：「我已打聽過，軍人在前線是不能結婚的，因此，我們必須遠離這個地方，到後方的台灣落地，而表哥把阿忠過繼給我，為了是要延續王家的香火，他肯讓阿忠跟我們到台灣去嗎？尤其是阿忠，從小由我一手撫養長大，雖然不是我親生的，但歲月已把我們孕育成一個不可分割的母子體系，我不能沒有他，也不能失去他。」

「是的，這些都是我們必須面對的問題。」營長收起了笑容，嚴肅地說：「只要我們有信心、有毅力，一定能克服阻礙我們邁向幸福婚姻的每一道關卡。冬嬌姨，請妳相信我，絕對不會讓妳失望的。」

「營長，我相信你，也願意把下半生的幸福交給你。」冬嬌姨目不轉睛地看著他，「或許我們還要等待，等待黑夜過後的天明。」

「有希望的等待是美的，黑夜絕對不會在人間停留太久，我們追求的是心靈中永恆的伴侶；冬嬌姨，千萬別忘了，我們要為未來的幸福堅持到底、奮鬥到底！」

「我的處境你是清楚的。原先只認為自己會孤孤單單地過一生，爾後雖然有阿忠來陪伴，但孩子只能做為我精神上的支柱，卻不能撫慰我寂寞的心靈。」冬嬌姨感性地說著，卻突然站了起來，跨向營長身旁，激動地拉起他的手說：「營長，我愛你，我需要你！」

營長也快速地站起，從貨架的空隙處瞄了外面一眼，在沒人進來購物下，他讓冬嬌姨退向隱密處，雙手環過她的腰，緊緊地把她摟住，而冬嬌姨雙眼微閉，衷心地接受營長在她體膚上的每一個角落，深情地吻著吻著：：：。繼而地，營長的右手已伸入冬嬌姨的背部，上下左右不停地游移和摸索，然而隨著時間的躍動，營長的手已從冬嬌姨的腋下游移到胸前，冬嬌姨豐滿而高挺的雙乳，已在營長的掌中蠕動，而營長蠢蠢欲動的那話兒，卻緊緊地挺住冬嬌姨的下腹，這是他們最難忍的時刻，這是他們的身心即將崩潰的時候，如果沒有親沐其中，又有誰能體會出個中滋味。或許，這只不過是一對健康男女生理上的自然反應，長久忍受著性的壓抑和心靈上的空虛，此刻的相擁、相撫、相吻，的確能讓他們體會出生之喜悅和快感，然而他們卻只能局限在這裡，尚不能進入到他們夢想中的成人世界，重溫一個原始的舊夢。

「冬嬌姨，買包煙！」

客人的叫聲把他們從甜蜜中驚醒，冬嬌姨快速地推開營長，理了一下散亂的長髮，快步走了出去。

「是宋班長啊，」冬嬌姨故做鎮靜地說：「好久不見了，買包什麼煙？」

「剛關餉，來包雙喜，」宋班長把錢放在櫃檯上，「生意還好吧？」

「馬馬虎虎啦！」冬嬌姨遞給他一包煙，率真地說。

「營長有沒有來看妳？」宋班長含笑地問。

「沒有啦，」雖然她與營長的來往，已是一個公開的秘密，但她依然含羞地撒著謊，「自從調走後就沒來過。」

「可能忙吧，」宋班長由低聲轉為激昂，「丟他老母嗨，都是保防官那個王八蛋打的小報告，害營長被調職，大夥兒一談起這件事，都想揍他！」

「事情過去也就算了。」冬嬌姨安慰著說。況且，軍中的許多事她並不明瞭，何能評論人家的是非。

「妳忙吧，冬嬌姨，」宋班長移動著腳步，「如果見到營長，就說大夥兒都很想念他。」說完又轉過頭來，說了一聲：「再見！」

宋班長一走，冬嬌姨也鬆了一口氣，明明營長在裡頭，卻說好久沒來過，萬一謊言被拆穿，不丟人才怪。她快步地往內走，營長早已展開雙臂迎接著她，當然，他們剛才的談話，營長是聽得清清楚楚的。

「我也該走了，」營長輕輕地理著她的髮絲，「改天再來吧。」

冬嬌姨雙手緊緊地勾著營長的脖子，烏黑明亮的大眼盯著他不放，只因為他的眼眸，閃爍著一道愛的光芒，她將在這道光芒的引領下，尋找幸福人生的另一個源頭，雖然距離目的地尚遠，但幸福的果實似乎已在他們眼前了，要如何來擷取，正考驗著他們的智慧和信心：：：。

14

可憐的舅舅，他是一個守著傳統道德的老人，他永遠不瞭解女人，他永遠不瞭解一個守著活寡、忍受心靈與肉體雙重痛苦的女人，徒留一個虛有的聲名有何用，一座貞節牌坊又能值幾文冬嬌姨和營長「相好」的事，在這個小小的村落已是家喻户曉、人人皆知，並非是什麼重大的新聞。然而外面的繪聲繪影、加油添醋，簡直把她醜化成現實社會裡，人人欲誅之的「歹查某」，他與營長僅止於體外的温存，鄰家的長舌婦則說她已懷了營長的孩子，營長經常在她家睡覺，她「討」營長已是不爭的事實，冬嬌姨耳聞這些傳言，簡直是哭笑不得。然而，在這個保守的村落，那會無風不起浪，冬嬌姨再怎麼地解釋和辯白，依然是徒勞無功，誰會聽她的，只有讓她「討客兄」的醜事，在這個小島上，不斷地擴散和流傳。

終於，她的舅舅找上門來了，在尚未交談時，冬嬌姨是不明白他的來意的，但心裡有數。

「冬嬌仔，」舅舅開門見山就問：「妳到底跟那個營長怎麼樣啦？」

「舅舅，」冬嬌姨為他奉上茶，遞上煙，「沒有怎麼樣啦！」

「外面風言風語，講得很難聽，」舅舅點燃一支煙，猛吸了好幾口，「說妳準備跟人家跑，到底有沒有這回事啊？」

「舅舅，他們亂講啦，」冬嬌姨手指著置物架說：「你看我店裡貨那麼多，生意做了也不錯，又有阿忠和我做伴，我要跑到那裡去死呀！」

「人家……」舅舅說了一半。

「人家說我肚子大了，是不是？」冬嬌姨搶著說：「舅舅，你看、你看，」她掀起衣服，拍拍自己的小腹說：「這樣叫著大肚子嗎？」

「冬嬌仔，舅舅不是不相信妳，」舅舅輕啜了一口茶，「自從川東那個了尾仔囝失去音訊後，看妳一直乖乖地守著這個家，我和妳阿母都很高興，」舅舅吸了一口煙，「雖然妳阿母不能陪妳一輩子，但我再三地說服妳表哥，把阿忠過繼給妳，一方面延續王家的香火，另一方面和妳做個伴，將來老了也有一個依靠。」

「我明白舅舅您的苦心，但我也為這個家盡了心力。」冬嬌姨聲音低低地，像似有滿懷委屈地說。

「這點我知道，」舅舅移動了一下坐姿，吐出一圈圈白茫茫的煙霧，而後說：「女人最可貴的是她的貞節和名譽，雖然我一直相信妳，也從來沒有懷疑過妳，但外面的流言實在很可怕，冬嬌仔，妳要做人，舅舅也要做人啊！」

「舅舅，坦白說，營長對我和阿忠都很照顧，我們只是比較談得來而已，沒有像外面流傳的那麼難聽。」冬嬌姨神情黯然地解釋著。

「俗話說：無風不起浪，如果對自己的言行不加以檢點，不懂得保護和珍惜自己得來不易的聲譽，將來受傷害的不僅是妳，還有孩子。」舅舅語重心長地說。

「嘴是人家的，他們要怎麼說是他們的事，我自信沒有越軌。」冬嬌姨為自己辯解著說。

「難道妳真有新的打算？」舅舅猛力地吸了一口煙問。

「舅舅，您的意思呢？」冬嬌姨反問他。

「妳的歲數也不小了，苦日子也熬過來了，的確也不適合再婚，如果能留在原鄉，把阿忠撫養長大成人，繼承王家的香火，這是我最樂意見到的。」舅舅極端感性地說。

「是的，舅舅，」冬嬌姨不悦地說：「苦日子已經過去了，我會再等二十年、三十年，好讓子孫為我立下一座貞節牌坊！」

「說不定再等個兩、三年，川東就會回：：：。」舅舅尚未說完。

「我不敢奢望，」冬嬌姨咬牙切齒地搶著說：「對川東我早已死了心！如果他還有一點良心的話，不管是生還是死，應該祝福我才對，不該讓我再承受心身的雙重折磨。」

「從妳的言談中，我已看出了一些端睨，」舅舅飲了一口茶，微微地嘆了一口氣，「外面的傳言或許有幾分吧。」

「做生意的地方，本來就是人多嘴雜，」冬嬌姨說著、說著，也微嘆了一口氣，「如果舅舅您要全盤聽信，我也沒辦法。」

「坦白說，延續妳們王家的香火比什麼都重要，如果妳另有打算，我這個做舅舅的也無權來干涉，但妳要認清這個世界，才不會受騙。」

「謝謝舅舅您的提醒，我不是一個不懂事的小孩，不會胡裡胡塗地，就跟著人家跑，您也不要聽信外面的謠言，一切尚言之過早。」

「冬嬌仔，」舅舅又重新燃起一支煙，吸進的煙霧又從鼻孔中噴出，「不過我們得把話說在前頭，妳願意跟誰走、到什麼地方去，我無權過問，但阿忠不能跟妳走，他必須留在這塊土地上。」

「什麼？」冬嬌姨訝異地，「舅舅，阿忠他不是已經過繼給我了嗎？為什麼不能跟著我？我始終把他當成自己的親生骨肉啊！」

「我知道妳疼他，我也清楚妳在他身上所付出的心血，但他必須植根在這塊土地上，來傳承王家的香火，才對得起供桌上的列祖列宗。」舅舅輕啜了一口茶，而後又說：「當初要把他過繼給妳，妳表哥表嫂原就不捨，經過我再三地勸說，才勉強同意，一旦妳把他帶走，叫我如何向他們交代啊！」

「舅舅，您是知道的，我不能沒有阿忠，我不會離開他，我們母子會永永遠遠生活在一起，絕對不會分離！」冬嬌姨有些兒激動地說。

「魚與熊掌是不能兼得的，凡事要三思啊，」舅舅嘆了一口氣，彈了一下煙灰，「像妳這種情形，在我們這個貧窮的小島上可說多得很，但改嫁的、或跟人走的，似乎並不多，守一輩子清寡的卻大有人在；如果能留下一個清名，讓後代子孫永恆的懷念，那也是美事一樁啊！」

「會的，舅舅。」冬嬌姨不悅地說：「我會為王家留下一個清名，一個讓後代子孫永恆懷念的清名！」

「妳不要用這種口氣跟我說話！」舅舅也有點兒不高興地說：「我的話只讓妳做一個參考，並非責備和阻止，如果妳聽不進去，從此以後，我不說、也不管了！」

「對不起舅舅，我太激動了一點。」冬嬌姨自知理虧，放低了身段，柔聲地說。

「老實說，這幾年來的確是苦了妳，一個女人獨撐一個家，並非易事，如果妳有意要找個伴，應當找一個本地人較適合；妳有沒有想過，那位北貢營長會把妳帶到什麼地方去？」

冬嬌姨默不出聲，睜大著雙眼，看著舅舅。

「妳知道妳阿爸喬仔是怎麼死的嗎？」舅舅的聲音略為大了一點。

「我阿爸怎麼死的？」冬嬌姨低聲而不解地問。

「妳阿爸就是被國民黨那些北貢特務折磨死的！」舅舅高聲地說：「北貢沒有一個是好東西！」

「北貢沒有一個是好東西？」冬嬌姨喃喃自語地說，但她心裡想，營長和他們是不一樣的。以前的副官，現在的矮仔士官長、宋班長、王班長、排副、汽車官、補給官、副營長、營指導員，以及所有的士官兵都是北貢，但他們對她都很客氣、很照顧，這些北貢兵在她心目中，絕對沒有「不是好東西」這種形象，舅舅的氣話，雖然是為阿爸抱不平，但阿爸已死了那麼多年，這些仇恨似乎不該再記在心頭，也不該一竿子打翻一條船，何不讓它隨著歲月的腳步，消失在人間。

「舅舅，您坐坐，我去準備午飯。」冬嬌姨從椅上站起，她不想在舅舅的氣頭上火上加油，讓舅舅平靜一下激動的情緒，如果想在一瞬間，改變他對北貢的想法和看法，或許是較艱難的，也可以說是一件不可能的事，因而，冬嬌姨改變了話題，沒有回應舅舅的話，希望以時間來淡化一些較有爭議的議題，以免傷了舅甥的和氣。

「不用了，我也該走啦。」舅舅站起身，又燃起一支煙，連續吸了兩大口，而後嘆了一口氣說：「該說的我都說了，但願妳好自為之，千萬不要被那些北貢騙了，不要忘了北貢沒有一個好東西，他們離家久了，只想在外面玩玩女人，騙騙女人的感情，永遠不可能帶妳回大陸的！」

冬嬌姨向舅舅點點頭，無奈地笑笑，這個世界實在太恐怖了，往後她所要面對的，將是一道比一道還難過的關卡；外面的謠言、親情的壓力、族群的對立，都是她邁向幸福人生的絆腳石。她對營長只有愛，沒有懷疑，她更相信營長的為人和操守，果真能和他生活在一起，幸福是可預期的。舅舅是封建社會裡，一位典型的老人，對於他老人家的提醒和規勸，冬嬌姨依然感激在心，然而她也深信，任何的阻力，都無法拆散她和阿忠的母子深情。或許舅舅的忠告和提醒，反而能化成一道無形的力量，讓她用這股力量來護衛阿忠、帶走阿忠，讓阿忠和她連成一體，永遠不分離，這也是她的心願，是她永恆不變的心願，相信她能做到，一定能做到！

送走了舅舅，冬嬌姨依舊坐在椅上沉思著，她反覆思考舅舅說過的每一句話，最難釋懷的，莫過於阿爸是被北貢特務折磨死的這句話；阿爸不知犯了什麼法？怎麼死的？從來就沒有聽阿母講過，前些時候，她也親眼目睹憲兵官帶隊搜查她家的情景，相同的時代，不一樣的背景，弱肉總會遭到強食，尤其是在極權掌控的社會裡，人民已失去了與生俱來的自由，任由那些嘍囉和爪牙，胡作非為，但這些畢竟是少數，似乎不能完全歸咎於北貢，舅舅因為阿爸的死，把北貢恨之入骨，實在有欠公允。當然，冬嬌姨她也想過，如果有一天，營長真的要把她帶離這個地方，舅舅和表哥他們會以什麼方式，來阻止阿忠和她一起遠離？這件事必須要有週詳的計劃，才能成功，相信營長會有妥善的安排；除非營長這個北貢，誠如舅舅所言：「沒有一個是好東西」，只想玩玩她，騙騙她，不帶她們走，這是冬嬌姨不得不深思的問題。

坦白說，冬嬌姨並沒有怪舅舅的多事，但一位上了年紀的老年人，他的思想是老舊的、是保守的，他默守的是傳統的規範，他想看的是優雅的門風和女性的貞節，他不希望有人背叛，他不希望王家的聲譽，在一夕間敗壞在冬嬌姨的手中，尤其是冬嬌姨「討」北貢的傳言，最令他難以忍受，不管是東村西村，南莊北莊，幾乎人人都知道冬嬌姨跟營長「相好」的情事。或許唯一不知道的只有冬嬌姨本人，誰願意在她的面前指指點點，儘管她還守著清白身，未曾讓營長越過她的界線，但終究是敵不過外人對她的醜化，不管是人言可畏或罪有應得，冬嬌姨「討」營長，冬嬌姨跟營長「相好」的事，跳到黃河也洗不清。然而冬嬌姨何曾想過要洗刷這些罪名，她日日夜夜想著營長，時時刻刻夢想與營長共組一個幸福美滿的家庭。每當夜深人靜，每當風雨交加，每當野貓在門外叫春，更是她寂寞上心頭的思春時刻，於是她想起一個能夠紓解、能夠安慰她寂寞心靈的男人，當然，這個男人不是生死不明的夫婿王川東，而是曾經和她繾綣纏綿過的「客兄公」。有些時候，她曾經想過，也後悔過，在她生日的那一夜，當營長緩緩地褪下她的褻衣時，為什麼又要把它要拉上，為什麼要把營長推開，為什麼不坦然地接受營長火熱又膨脹的下身，和她的身軀連成一體，好讓她孤單寂寞又乾燥的心靈，得到一絲兒滋潤，得到一絲兒紓解。而此時，這個良機已錯過，新的機會尚未到來，可憐的舅舅，他是一個守著傳統道德的老人，他永遠不瞭解女人，他永遠不瞭解一個守著活寡、忍受心靈與肉體雙重痛苦的女人，徒留一個虛有的聲名有何用，一座貞節牌坊又能值幾文，是否要目睹她的身軀和心靈，被寂寞腐蝕才高興、才甘心、才能以擁有一位守一輩子活寡的甥女為榮。可悲的人類，可嘆的人類，可憐的舅舅，為什麼不替可憐的冬嬌想一想，別忘了冬嬌是人，也別忘了冬嬌是一個需要男人的女人，更別忘了冬嬌是一個不能沒有男人的女人！冬嬌姨想著想著，情不自禁地淚流滿臉，淚流滿臉：：：。

15

今天，我們乾旱的心田，終於獲得春雨的滋潤，讓即將枯萎的草原重獲生機，讓我們重新擁有一個美麗的人生歲月。

辦了幾個月參謀業務，營長又接到調職的命令，雖然不是高陞，卻是調任直屬營營長，無論人員和裝備，與一般步兵營是有很大差距的，上級不但肯定他的能力，當然也還給他清白，然而營長並沒有太大的喜悅，依然以一顆平常心接任新職，唯一的是他透過關係，把矮仔士官長調到自己身邊，除了就近照顧，也讓矮仔士官長幫他處理一些行政事務。

營長有一部公務吉普車，但辦些私務未嘗不可以，當然也不能太離譜，軍車嚴禁搭載老百姓，冬嬌姨如果想坐，那是違法的，而營長坐公務車來看冬嬌姨，並非不可，為了不願目標太大，他會囑咐駕駛，把車停在掩蔽處，不要停在冬嬌姨的店門口，以免惹來非議。

上級透過安全部門的反映，當然也知道營長在公餘時，常到冬嬌姨的店裡走動走動，然而他們並沒有做違法的事，也沒有製造軍民糾紛，如果說有，那也是兩情相悅的男女情事，因而，並不能禁止與限制營長的行動和自由。有了車，讓營長更加方便，他和冬嬌姨的感情也加速地進展，遇到假日，更有回家的喜悅和感覺，阿忠和他也培養出一份情同父子的深情，冬嬌姨和營長也慢慢地計劃著未來，但他們的計劃是秘密的，是不能公開討論的，因為他們知道，有一股無名的力量在壓迫著他們，企圖要她在孩子和幸福之間做一個抉擇，然而他們卻沒有選擇的餘地，孩子與幸福都要兼得，任何一方都不能割捨，任何一方都不能受到傷害，他們要的是兩全其美，他們決心要為孩子和幸福而奮鬥，不惜付出任何代價！然而可能嗎？往往，幸福的後面是痛苦的，但如果沒有付出痛苦的代價，焉能得到幸福，這是他們常感矛盾的地方。

小島因受到西南氣流的影響，連日來大雨小雨落不停，但這是一個難得的假日，儘管户外滿地泥濘、風雨交加、視線不良，駕駛兵依然小心地，把營長送到冬嬌姨的家門口，並約定晚點名前，來接他回去。

冬嬌姨店門半掩，心裡想著，雖然是假日，但這種打狗、狗也不出門的天氣，有誰會出來買東西，而且營長來了，總得陪他聊聊、準備午餐，如此的安排，相信比開門看天色還有意義吧！

靜坐喝杯茶，鬆弛一下緊張的情緒，是營長日常生活中最感愜意的事。他不吸煙，又不打牌，只是偶而地品點酒，但喝得最多的似乎就在冬嬌姨家，是否面對著冬嬌姨，才能引起他的酒興？而品點酒，似乎更能拉近他與冬嬌姨之間的距離，有時一打開話匣子，天南地北說也說不完、談也談不了，冬嬌姨也毫不顧忌地把內心想說的話，一一地告訴營長，當然營長也是如此的，唯一不談的，或許是反攻大陸的事吧。

「如果按照舅舅的說法，我們辛苦建立的感情，或許要被宣判成死刑。」冬嬌姨向營長陳述後，無奈地說。

「死刑有時能改判成無罪，囚犯有時能越獄成功，這世界隨時都充滿著變數，如果別人的一席話，就能改變我們的一生，顯然地，我們的感情基礎不夠穩固，有待我們來努力。」營長回應她說。

「你說我和孩子，有越獄逃跑的本錢嗎？」冬嬌姨滿臉疑惑地問。

「當然有，」營長肯定地答，「除了這條路，別無選擇。」

冬嬌姨無言地凝視著營長。

「我有一位情同手足的老同事，到台灣不久後他就退伍了，現在已成家，定居在桃園的楊梅，自己有了房屋、有了地，生活過得不錯，暫時安置妳們母子倆，絕對沒有問題。」營長看看冬嬌姨，而後又低聲地說：「再過幾個月，部隊就要輪調了，趁著現在我還沒走，可以透過管道、運用關係，找老長官幫忙，為妳們辦手續，但千萬要保密，免得到時舅舅他們出來阻擋，非但走不成，還會鬧得滿城風雨。

」

冬嬌姨沒出聲，依然聚精會神地聆聽著。

「一旦到了台灣，所有的事情幾乎已經解決了一半，妳可以依照現行規定，登報要求王川東在法定期限內出面，六個月後如果沒有回應，再向法院聲請，宣告王川東失蹤或死亡，然後就是我們邁向幸福人生的開始。」營長說完後，突然地握住她的手，「冬嬌姨，妳高興嗎？」

「營長，我高興，我當然高興！」冬嬌姨眼裡，閃爍著一絲喜悅的淚光，「但願我的美夢能成真！」

「店裡少進一點貨，但也不能露出破綻，時機一成熟，必須立即啓程，妳要有心理上的準備，不要到時慌了手腳。」營長叮嚀著、也鼓勵著說：「只要我們能堅持下去，不為外來的因素所阻撓，冬嬌姨，相信我們的美夢一定能成真！」

冬嬌姨點點頭，看看他，卻情不自禁地把臉斜靠在他的胸前。營長低下頭，輕輕地吻著她的髮絲，輕輕地揉著她的背，而後低聲地問：

「阿忠呢？」

「表嫂帶他回去，明後天，天氣一晴朗，就會送他回來。」冬嬌姨說著，雙手同時環過營長的腰。

門外的風聲雨聲依然，門內陰陰暗暗，只有從半掩的門縫露出一絲微光，營長撫著、揉著、摸著、搓著、捏著冬嬌姨成熟飽滿、潔白柔軟的身軀，他想從其中撫出什麼？揉出什麼？摸出什麼？搓出什麼？捏出什麼？他已從冬嬌姨起初的嬌羞，而後的滿足和快感，得到答案；只因為他們是人，是凡人，而不是聖人，與個人的身分和官階毫無關連，大凡一對身心健康的男女，少不了有人性中的七情六慾，而其中最令人難以自拔的莫過於性愛，尤其是一對常期受到性壓抑的男女，他們對性的苛求更是強烈，當然這其中必須有愛、必須有感情做根基，才能併出愛的火花，才能燃起心中那把扣人心弦的性慾之火。於是，營長輕輕地鬆開冬嬌姨，快速地把半掩的店門閂上，火速地轉回身，摟著冬嬌姨的腰，兩人相擁著，一步步，緩緩地走向冬嬌姨的房裡：：：。

歷經戰火洗禮的營長，飽受心靈空虛的冬嬌姨，他們已重新找到愛，不久的將來，他們將組成一個甜蜜快樂的小家庭，因而，在這個美好的時光裡，他們不再有任何的顧忌，幽暗的房裡，只有他們兩人，在理智被感情擊敗的那一刻，營長的手已解開冬嬌姨的衣鈕，冬嬌姨高挺的乳房，有營長火熱的舌尖在蠕動，冬嬌姨雪白光澤的肌膚，有營長溫柔的手在游移，這是一場多麼美麗的男女戰爭，這是一場多麼令人忘懷的成人遊戲，冬嬌姨沒有掙扎，冬嬌姨沒有拒絕，只感到體內的血液加速地循環，只感到她深鎖很久的那一扇門，即將被營長堅硬如鋼的鑰匙打開，冬嬌姨已忍受不住長久被壓抑，而得不到解脫的性煎熬，營長何嘗不是也如此，他痛苦地閉上眼睛，火熱的唇不停地磨擦著冬嬌姨雪白的肌膚，從左到右，由唇到頸，從乳房上那一顆紅色的小豆豆，到肚臍下那一片令他神魂顛倒的草原。營長晃動著頭，冬嬌姨微微地扭動著身軀，臉上雖有痛苦的表情，內心卻有喜悅的微笑。終於，營長把一條草綠色的軍用內褲擲向床角，充血的陽物一瞬間就滑進冬嬌姨的體內，沒有留下一點點空間，完完全全沉沒在一個無底的深淵裡。屋外的雨聲，營長的喘息聲，而冬嬌姨卻陶醉在無聲勝有聲的甜蜜意境裡，讓她重溫新婚之夜愉人的春夢，讓她置身在人間的仙境裡，讓她深刻地感受到中年男性的溫柔和穩重，卻也想起王川東青年時期的熱情和奔放，兩個不同的男人，讓她體會出兩種不一樣的滋味，只是那舊有的時光已過，未來她將在營長柔情的懷抱裡，享受人生歲月最美麗、最消魂的春宵。

「營長，我們這樣做，不知是對、還是錯？」當營長從她身上翻下時，冬嬌姨柔聲地問。

「冬嬌姨，這是愛的最高昇華，」營長用手輕輕地撫著她的臉，「我們做的事，只有對，沒有錯。」

「但似乎是早了一點。」

「不，不早！」營長肯定地說：「經過這一次心與心的相印，我們的愛會更彌堅、更牢靠！」

「或許我們的內心，已盈滿著喜悅和幸福。」冬嬌姨嬌嗔地說：「雖然我們曾經擁有婚姻，但畢竟是過去的淡淡的回憶，今天彷彿是我們人生歲月，另一段旅程的開始。」

「是的，冬嬌姨，這就是我們夢寐以求的幸福人生。」營長又翻起了身，順手理理她散亂的髮絲，而後在她的耳旁，低聲地說：「我們的身軀，在風雨的見證下，已溶成了一體。相信我們的內心，只有愛、沒有恨，只有包容、永不後悔。」

「這是我們生命中的第二個春天，」冬嬌姨緊緊地把他抱住。

「但願我們能善加珍惜；別忘了，營長，我的體內有你的血液在循環，讓我空虛的心靈，獲得長久未曾有過的滿足。」

「我的感受和妳一樣，對一位正常的男女來說，性和愛同時重要，只因為我們是人，必須面對真實的人生，不能有半點虛假。」營長真情地說：「冬嬌姨，未來的歲月，相信我們都能滿足彼此的需求，好彌補我們空虛已久的肉體和心靈。」

「營長，今天我赤裸裸地躺在你身旁，和你相擁在一起，當生命中的春雷再次乍響的那一刻，我毫不猶豫地敞開心胸，奉上你急於獲得的糧草，來滿足你精神和肉體的雙重需求，往後的時光，只要能得到你的愛，我死亦無憾。」

「或許，我們都有相同的感受，我想得到的，也是妳想獲得的。今天，我們乾旱的心田，終於獲得春雨的滋潤，讓即將枯萎的草原重獲生機，讓我們重新擁有一個美麗的人生歲月。冬嬌姨，我愛妳，我會永遠愛著妳的！」營長說完，猛而地一翻身，又一次地讓冬嬌姨，承受生命中，願意承受和樂意接受的重。

屋外的風雨依稀，又有什麼能與這場風雨相媲美，又有誰能在這幽暗的小屋，渡過短暫而美麗的人生歲月，或許，只有歷經心靈與肉體雙重苦難的營長和冬嬌姨。然而，風雨是否就此停歇，明天是一個燦爛的艷陽天，還是又有一場風暴要來臨？未來的日子還長呢，況且還有許多關卡未通過，一時的歡愉，並非永遠的快樂，距離美麗的人生歲月尚遠，未來的路要怎麼走，相信他們已立下一個正確的方向。

他們已整裝併立在窗前，親蜜地相偎依，儼若是一對甜甜蜜蜜的戀人，儼若是一對新婚不久的夫妻，然而什麼也不是，冬嬌姨「討」營長已是不爭的事實，村人的謠言終成真，而他們的美夢呢，或許，亦有成真的一天吧！

窗外風雨依稀。

窗外風雨依稀……。

尾聲

冬嬌姨跑了。

冬嬌姨跟老北貢跑了。

村裡大大小小、男男女女都知道冬嬌姨跑了，因為她已經好幾天沒開店門。她的舅舅，她的表哥、表嫂，四處尋找她和阿忠，都沒有她們母子的下落和蹤影，只聽鄰居說：在一個深夜裡，冬嬌姨家門口，有吉普車來往啓動的聲音，其他的事似乎沒人知道，也沒人清楚。在不得已的情況下，舅舅和表哥不得不撬開川東雜貨店的門鎖，只見置物架上的貨品，整整齊齊地排列在外沿，裡面卻是空盪盪的，而且好多是空罐、空瓶和空盒子，臥房裡的被褥衣物，大部份都已打包帶走，顯然地，是經過長期的計劃，絕非是臨時的決定。

「我早知道會有今天的，」舅舅對著焦慮的表哥說：「外面的傳言假不了，冬嬌這個查某忍受不了寂寞、變款了；她要跟人家跑，也得把阿忠留下啊！」

「這個不要臉的女人，祖宗都不要了，她怎麼會把阿忠留下！」表哥氣憤地說。

「被那個北貢營長拐跑的，一定是被那個北貢營長拐跑的！」舅舅斷定地說，而後略有所思地，「走，我們到村公所請指導員幫忙，一起去找營長算帳，向他要人！」

「阿爸，人家部隊正在移防，據說打前仗的已經走了，到處是一片亂，我們到那裡去找人啊。」表哥說。

「走！」舅舅一轉身，跨大了腳步，「總得找他問個清楚、問個明白！」父子倆氣沖沖地來到村公所，向指導員說明原委，雖然舅舅不屬於這個村，但冬嬌姨卻是這裡的村民，村民跟人跑了，指導員也不得不關心。然而，指導員曾經與冬嬌姨有點過節，開門見山地，就在他們的面前數落她一番。

「我知道這個不正經的女人，遲早會出事。」指導員以一種鄙夷的語氣說：「表面裝得像聖女，暗地裡卻和那個營長暗通款曲，像這種不要臉的女人，早走早好，讓村人圖個清靜，你們還找她幹什麼！」

「我那個小孫子也被她帶走了，」舅舅低調地說：「請你幫個忙，帶我們找找那營長，好知道她們的下落。」

「你們以為我這個村指導員，官大、還是神？」指導員有點兒不悅，「人家營部在山上，是禁區，現在正忙著移防，又沒有車，我怎麼帶你們去！」舅舅和表哥啞口無語地站著。

「你們先回去吧！」指導員向他們揮揮手，「等一下我打電話幫你們打聽打聽。」

經過指導員打聽的結果，營長已在前幾天，隨著打前仗的先遣部隊走了，目的地當然是後方的台灣，而冬嬌姨和阿忠，是否和營長同在一艘軍艦上，沒人看見，也沒人知道……。

幾天後，舅舅收到一封寄自桃園楊梅的信，雖然它只是一封普通的郵件，卻是冬嬌姨的心聲。

舅舅：

首先請恕我不告而別。

我和阿忠已於日前安抵台灣，並在營長的安排下，暫居桃園楊梅，請勿掛念。

如依傳統，我是不該選擇離開孕育我長大成人的故鄉；

論情論理，我也不該把阿忠帶走，讓您和表哥、表嫂憂心。然而人生在世，只不過是短短的幾十年光景，我不能忍受世俗的白眼，也不能忍受心靈的空虛和內心的寂寞，因此，對故鄉這份情，我必須割捨，轉而換取我後半生的幸福。

我和阿忠，早已培養出一份濃郁的母子深情，我不能沒有他，也不能失去他，我的不告而別，其原因是深恐舅舅您，不肯讓阿忠跟著我走。我的最終目標是阿忠和幸福要同時得到，但在我獲得幸福的時候，我也會加倍地用心，來照顧、來養育阿忠成人，請舅舅您放心。

王家列祖列宗的神主牌位，均在我旅外的行囊中，當我把家安頓好，定必盡速地，把祂們供奉在神桌上，並以一顆虔誠之心，來膜拜、來延續王家的香火，以慰九泉下的阿爸和阿母。

雖然營長是來自大陸的北貢，但他與舅舅您所想像中的北貢是不一樣的，他為人誠懇，允文允武，身體健康，也略有儲蓄，相信我們母子和他，一定能組成一個幸福美滿的家庭。

時間之故，欲述者尚有萬千，請代問候表哥表嫂好，恕不另言，餘待後述。

祝您

福安

甥女

冬嬌敬上

看完冬嬌姨的信，舅舅沒有不悅的表情，內心反而感到前所未有的欣慰，他雙手合十，仰望藍天，口中唸唸有詞，默默地為冬嬌姨，獻上永恆的祝福和祈禱：：：。

（全文完）

後記

寫完小說《春花》後，我的思維隨即進入《冬嬌姨》的構思裡。二篇不同時空的作品，二個不同時代的人物，寫來倍感艱辛，但也正考驗著一位，長期從事文學創作的老年人的恆心和毅力。從草木枯萎的寒冬，到木棉花開的春天，我忍受著常人難以忍受的孤單和寂寞，我承受纏身的店務和俗事，用不太靈活的雙手，在鍵盤上敲敲打打，敲出我對文學的執著，打出《冬嬌姨》這個久遠的故事。在我脫稿的那一刻，我含笑地穿越屋前平坦的柏油路，仰望開滿枝椏的木棉花，我的思維是否能再進入另一篇作品的深邃裡，為我慚愧的一生，增添一些亮麗的色彩；倘若不能，顯然地，我的腦細胞已被歲月的酸素所腐蝕，徒留一副沒有生命的軀體在人間。

去年秋天，我正式升格當「阿公」，在喜悅的同時，也感受到膽寒，隨著「阿公」的加頂，距離「陳公」也不再遙遠，人生就是如此交錯而成的，當有一天我們從其中悟出真理，或許已是日薄西山時刻，大地終將被黑夜吞噬，我們也會失去光明和希望，如果不珍惜現在的時光，一昧地虛擲光陰、蹉跎歲月，它又能在我們生命的扉頁裡，記錄什麼？留下什麼？

《冬嬌姨》待商榷的地方仍多，但我始終不願刻意地去修飾和美化，初中一年級的學歷，書寫出來的作品就是這副模樣。麻子雖多點，然它點點都是真；凡是真，就是美，一張虛偽而美麗的臉，並非我此生想追求的，因而我源於自然、源於傳統、源於一顆熱衷文學的心，用笨拙的手，寫出我心中的冬嬌姨！

感謝經常蒞臨新市里，探望一隻「孤單的老猴」的朋友們，友情的溫馨、相見時的喜悅，不想讓它在心靈中激盪也難；爾後不管在天上、在人間，願我們的友誼永遠在記憶中長存。

感謝您，親愛的讀者們。

二〇〇二年四月脫稿於金門新市里

附錄

作者年表

一九四六年　民國三十五年
八月生於金門碧山

一九六一年　民國五十年
六月讀完金門中學初中一年級因家貧輟學

一九六三年　民國五十二年
一月任金防部福利單位雇員，暇時在「明德圖書館」苦學自修

一九六六年　民國五十五年
三月第一篇散文作品（另外一個頭）　載於正氣副刊

一九六八年　民國五十七年
二月參加救國團舉辦「金門冬令文藝研習營」

一九七二年　民國六十一年
五月由福利單位會計晉升經理，仍兼辦防區福利業務
六月由臺北林白出版社出版《寄給異鄉的女孩》初版一刷　文集
　收一九六六——七一年作品，散文、小說、評論　各十篇
八月由臺北林白出版社出版《寄給異鄉的女孩》再版一刷　文集

一九七三年　民國六十二年
二月長篇小說《螢》　載於正氣副刊
五月由臺北林白出版社出版《螢》初版一刷　長篇小說
七月與友人創辦《金門文藝》季刊，擔任發行人兼社長，
　撰寫發刊詞，主編創刊號
九月行政院新聞局以局版臺誌字第００四九號核發

金門地區第一張雜誌登記證，時局長為錢復先生

一九七四年　民國六十三年

六月自福利單位離職，輟筆，經營「長春書店」

一九七九年　民國六十八年

一月《金門文藝》革新一期由旅臺大專青年黃克全等接辦，

仍擔任發行人

一九七四年——一九九五年　民國六十三年——八十四年

創作空白期

一九九六年　民國八十五年

七月復出

新詩〔走過天安門廣場〕　載於浯江副刊

八月散文〔江水悠悠江水長〕　載於青年日報副刊

九月中篇小說《再見海南島　海南島再見》　載於浯江副刊

一九九七年　民國八十六年

一月由臺北大展出版社出版發行三書：

《寄給異鄉的女孩》增訂三版一刷　文集

《螢》再版一刷　長篇小說

《再見海南島　海南島再見》初版一刷　文集

三月長篇小說《失去的春天》　載於浯江副刊

七月由臺北大展出版社出版發行

《失去的春天》初版一刷　長篇小說

一九九八年　民國八十七年

一月長篇小說《秋蓮》上卷〔再會吧，安平〕　載於浯江副刊

五月長篇小說《秋蓮》下卷〔迢遙浯鄉路〕　載於浯江副刊

八月由臺北大展出版社出版發行三書：

《秋蓮》初版一刷　長篇小說

《同賞窗外風和雨》初版一刷　散文集
《陳長慶作品評論集》初版一刷　艾翎編
一九九九年　民國八十八年
六月長篇小說《秋蓮》列入《一九九八年臺灣文學年鑑》
十月由臺北大展出版社出版發行
《何日再見西湖水》初版一刷　散文集

二〇〇〇年　民國八十九年
三月長篇小說《失去的春天》、《秋蓮》、《再見海南島　海南島再見》、《同賞窗外風和雨》由行政院文建會編入《一九九九年中華民國作家作品目錄》
五月二十六日　散文〈朋友〉　載於浯江副刊
二十八日　『金門縣寫作協會』「讀書會」假縣立文化中心舉辦《失去的春天》研讀討論會，作者以〈燦爛五月天〉親自導讀。

六月〈燦爛五月天〉 載於浯江副刊
九月長篇小說《午夜吹笛人》初稿完成
十月長篇小說《午夜吹笛人》 載於浯江副刊
十二月由臺北大展出版社出版發行
《午夜吹笛人》初版一刷 長篇小說

二〇〇一年 民國九十年

四月〈今年的春天哪會這呢寒〉——咱的故鄉咱的詩 載於浯江副刊
五月應縣藉導演董振良邀請，參加公視【走過戰地——金門半世紀】紀錄片，第二單元〈穿上脫下〉演出
六月〈了尾仔囝〉——咱的故鄉咱的詩 載於浯江副刊
十一月散文〈山谷歲月〉 載於浯江副刊
長篇小說《春花》初稿完成
十二月長篇小說《春花》 載於浯江副刊

二00二年　民國九十一年

三月由臺北大展出版社出版發行

《春花》初版一刷　長篇小說

四月長篇小說《冬嬌姨》初稿完成

四月十一日〔今年的春天哪會這呢寒〕——咱的故鄉咱的詩　由【台北人　故鄉事　『馬』年『金』好玩藝文週】主辦單位邀請台語大師趙天福譜曲，在台北永康公園，於閉幕重頭戲時，帶領全場一同吟唱，讓都會人深刻感受鄉土的金門文風，以及對金門時局變遷的心情

五月長篇小說《冬嬌姨》載於浯江副刊

六月由臺北大展出版社出版發行

《冬嬌姨》初版一刷　長篇小說

國家圖書館出版品預行編目資料

冬嬌姨 / 陳長慶 著. －初版
－臺北市：大展 ， 民 91
面 ； 21 公分 －（文學叢書；11）
ISBN 957-468-155 6

857.7　　91011043

冬嬌姨

ISBN 957-468-155-6

作　　者 / 陳　長　慶
封面攝影・指導 / 張　國　治
封面構成 / 盧　昱　瑞
校　　對 / 陳　嘉　琳
發 行 人 / 蔡　森　明
出 版 者 / 大展出版社有限公司
社　　址 / 台北市北投區（石牌）致遠一路 2 段 12 巷 1 號
電　　話 / （02）28236031・28236033・28233123
傳　　真 / （02）28272069
郵政劃撥 / 01669551
E - mail / dah-jaan@ms9.tisnet.net.tw
登 記 證 / 局版臺業字第 2171 號
承 印 者 / 高星印刷品行
裝　　訂 / 日新裝訂所
排 版 者 / 千兵企業有限公司
金門總代理 / 長春書店
金門縣新市里復興路 130 號
電　　話 / (082)332702
郵政劃撥 / 19010417 陳嘉琳帳戶
法律顧問 / 劉鈞男大律師
初版 1 刷 / 2002 年（民 91 年） 8 月

定價 / 200 元

品嘗好書　冠群可期